縁切寺お助け帖

田牧大和

角川文庫
21422

目次

事の始め　5
駆込ノ一　7
駆込ノ二　85
駆込ノ三　185

事の始め

大坂城《おおさか》、落城。

豊臣秀頼《とよとみひでより》の息女は徳川家康《とくがわいえやす》の命《めい》により、「縁切寺」「駆け込み寺」として名を知られていた鎌倉《かまくら》の尼寺、東慶寺《とうけいじ》へ送られ、仏門に入って天秀《てんしゅう》尼を名乗った。

家康は、溺愛《できあい》する孫娘、千姫《せんひめ》ゆかりの尼僧を哀れんだ。

――望みがあれば、心おきなく言うように。

家康の申し出に、天秀尼は答えた。

――東慶寺の「縁切寺法《じほう》」を末永くお護《まも》り頂ければ、他に望むことはございませぬ。

家康は、快くその望みを聞き入れた。

やがて、天秀尼は東慶寺の尼僧を束ねる住持となった。

ある折、会津《あいづ》の加藤《かとう》という大名の家臣が、男子禁制の東慶寺境内へ無理矢理踏み込むという騒ぎを起こした。御家騒動の挙句、東慶寺に逃げ込んだ家臣の妻子を捕えようとしてのことであった。

天秀尼は、烈火のごとく怒った。

刃《やいば》を手に殺気立つ男たちに対し、一歩も引かず告げた。

——寺が受け入れた者に、無体は許さぬ。ましてやこの寺は男子禁制。たとえ大名家であろうと、この寺法をないがしろにするならば容赦はせぬ。加藤が滅ぶか、この寺が退転いたすか、二つにひとつと心得よ。

この騒動で、四十万石を誇った加藤家は、廃絶となった。

以来、東慶寺の「縁切寺法」は、徳川家の庇護《ひご》の許《もと》、盤石となった、はずであった——。

時は流れ、十一代将軍徳川家斉《いえなり》の代。主《あるじ》を喪《うしな》い、荒れ果てていた東慶寺が、ようやく新たな主を迎えた。水戸《みと》徳川家の姫は、彼《か》の天秀尼とよく似た名を頂いていた。

駆込ノ一

若い女が、走って来る。

息を切らし、鼻緒が切れた下駄《げた》を手に提げて。

それまで後ろを気にしながら先を急いできた女は、目指す先、鬱蒼《うっそう》と茂る緑の合間から覗《のぞ》く物見櫓《やぐら》を見つけ、ほっと口許を緩めた。

「あと、もう少し」

小さく呟《つぶや》き、泥だらけ、生傷だらけの白い足を先へ進める。

女が目指しているのは、鎌倉、東慶寺。松岡御所《まつがおかごしょ》とも、比丘尼《びくに》御所とも呼ばれている。

女子《おなご》から離縁を叶《かな》える方策は、縁切りの寺法を公儀より許されている寺へ駆け込むことのみ。その寺のひとつが東慶寺である。

女は、江戸《えど》から人目を避け、嫁入り衣装を売り払った金子《きんす》を使って、関所を通らずに済む道を案内してもらい、ようやく鎌倉まで辿《たど》り着いた。

お尋ね者でも武家の妻女でもない、町場で暮らすただの女子なら、金さえ出せば関所を通らずに行き来が出来たり、関所の役人に袖《そで》の下を渡して通してもらえたりもする。現に、そうやって、裕福な商家の女子は、湯治や物見遊山へ出かけていく。

そう、話には聞いていたけれど、考えていたよりもさらにあっさり関所を避けられたことに、女は驚いた。

あと、もう少しだ。もう少しで、あの酷《ひど》い亭主や姑《しゅうとめ》と縁を切れる。

安堵《あんど》に泣き出しそうになる自分を抑え、物見櫓を目指して走る。

表門が、櫓の横に見えた。

役人がいる。

門前には立派な宿があったが、女はちらりと目をやっただけで、真っ直ぐに東慶寺へ向かった。

弾む息を整えて、女は役人に頭を下げ、話しかけた。

「あの、あたし――」

役人は、厳しい顔で囁《ささや》いた。

「話はいい。早く行け」

はっとして役人の視線の先を辿ると、亭主が追ってきているのが見えた。

気づかれた。

立ち竦《すく》んだ女を、役人が促す。

「急げ。この階段を上って中門を潜れば、安心だ」

女は、こくりと頷《うなず》き、階段を駆け上がった。

「おきぬ、待ちやがれ、この野郎――」

亭主の恐ろしい怒鳴り声に追い立てられるように、女――おきぬは階段を急いだ。

瞬く間に亭主の息遣いが近づいて来る。

自分を促してくれた役人の、亭主を呼び止めている声が聞こえる。

言い争いになった。

「おきぬっ」

亭主の声が近づく。

だめだ、間に合わない。

「おっと、そんなに急ぐと――」

その場にそぐわない、明るい声が背中で聞こえた。若い男だ。

おきぬは、思わず立ち止まって振り返った。

飛脚姿の男が、亭主の足を引っかけ、転ばせているところが、おきぬの目に飛び込んできた。

亭主が、急な階段の一番下まで勢いよく転がり落ちる。

男は、愛嬌《あいきょう》たっぷりの仕草で階段にしゃがみ、下を眺めながら「あーあ」と呟いた。

「あんまり慌てると、足がもつれて、階段を踏み外すぜ、って教えてやろうとしたのになあ」

呆気《あっけ》にとられていたおきぬを、階段の上から、

「来なさい」

と、張りのある声が呼んだ。

今度は女だ。

はっとして振り仰ぐと、木刀を提げた女が強い光を湛《たた》えた瞳《ひとみ》で、中門のすぐ内からおきぬを見ていた。

頭の高い位置でひとつに括《くく》った黒髪が、初夏の涼やかな風になびいている。

藤納戸――くすんだ淡い青紫色の小袖に、留紺の袴《はかま》。

少し吊《つ》り気味の大きな瞳は、光の加減だろうか、黒よりも微《かす》かに淡い、濃い鋼《はがね》色に見えた。

一文字に引き結ばれた赤い唇、筋の通った鼻、すらりとした立ち姿。

綺麗《きれい》な人。

束の間おきぬは女に見惚《みと》れてしまったが、すぐに我に返ると、階段の上、女の待つ中門へ急いだ。

もつれ、段を踏み外しそうになる足を叱咤《しった》し、駆け上がる。

もう少し。あと少し。

女の近くへ寄ってみて、おきぬは少し驚いた。

思ったより、小柄だ。

「早く、中へ」

女が、おきぬを促した。

小さく頭を下げ、女の横を通り過ぎた刹那《せつな》、女が微かに笑った。

美しい笑みだと、思った。

そこへ、額をすりむき、足を引きずりながら、おきぬの亭主が階段を上がってきた。

亭主は、憤怒《ふんぬ》の形相《ぎょうそう》で袴姿の女に喚《わめ》いた。

「怪我ぁしたくなけりゃ、そこ退《の》きやがれ。こっちは気が立ってんだっ。駆け込み寺だの縁切寺法だのと、たかが尼寺が、偉そうにしてんじゃねぇっ」

亭主が一歩、中門に足を踏み入れようとした刹那。

女の木刀が、風を切り高い唸《うな》りを上げた。

迷いもずれもなく、木刀が亭主の首筋をしたたかに打ち据えた。

ぐぇ。

蟇蛙《ひきがえる》のような短い呻《うめ》きを上げて、おきぬの亭主がその場に崩れ落ちた。

女が、伸びてしまった亭主へ、冷ややかに告げた。

「馬鹿者。松岡御所中門より内は、男子禁制だ」


木々の緑を鬱蒼《うっそう》と湛えた広大な東慶寺の境内、方丈の北に、塔頭筆頭《たっちゅうひっとう》、蔭涼軒《いんりょうけん》はある。長い年月空位となっている住持に代わり、東慶寺を統べる院代の居所《きょしょ》だ。

その居間に集まった三人の女のうち、小柄でそばかす顔の尼僧が、先刻中門から境内に踏み込もうとしたおきぬの亭主をのした女――茜に向かってぷりぷりと不平を言っていた。

「茜《あかね》さんは、御甘《あも》うございます」

甕覗《かめのぞき》色という淡い水色の尼僧頭巾《ずきん》を頭にすっぽりと被《かぶ》り、墨染めの衣、手には数珠《じゅず》という慎《つつ》ましやかな姿と、景気のいい怒りっぷりがそぐわず、茜はこっそり笑いをかみ殺した。

いまひとりの尼僧が、おっとりとそばかす顔の尼僧を宥《なだ》めた。

「まあまあ、秋《あき》さん。あのご亭主も十分酷い目に遭ったのですから」

そばかす顔の尼――秋山《しゅうざん》尼は、ちろりともうひとりを睨《にら》みつけた。

『桂《かつら》さんは、あの程度で『酷い目』だと、おっしゃるのですか』

秋山尼に訊《き》き返された、ふくよかで色白の尼、桂泉《けいせん》尼が、ええ、それはもう、と大きく頷いた。

「茜さんの一撃を首筋に受けたのですから、死なかっただけもうけものです。その上、秋さんにこんこんとお説教をされ、泣きっ面に蜂とは、このこと」

桂泉尼は、おきぬの亭主の情けない顔を思い出したのか、もち肌の頬を綻《ほころ》ばせた。

「だって、ねぇ、茜さん」

と、茜に話を振ってから、秋山尼の淡々とした物言いを真似て、先刻の秋山尼の台詞《せりふ》を繰り返す。

『ここまでもの知らずとなると、呆《あき》れかえるを通り越して、いっそ清々《すがすが》しい気さえ致します。よいですか、ご亭主。この東慶寺は松岡御所と呼ばれる通り、由緒ある尼寺なのですよ。畏《おそ》れ多くも東照大権現《とうしょうだいごんげん》様に、男子禁制、縁切寺法のお許しを頂戴《ちょうだい》し、家光《いえみつ》公の御代《みよ》には、境内に踏み込んだ大名家がお取りつぶしになったこともございます。只今《ただいま》の院代、法秀尼様は、水戸徳川様の姫君様であらっしゃいます。それを、なんとおっしゃいましたか。そう、確か、たかが尼寺が、偉そうにしてんじゃねぇっ、でしたわね。よぅく、覚えておいてくださいませ。この寺は、偉そうではなく、偉いのでございますよ。ほんに、ようございましたわね。女子と侮った茜さんに、境内に踏み込む前にのして頂けて。一歩でも境内にその汚い足を踏み入れておいででしたら、大変なことになっていました。何しろ、大名家がお取りつぶしになったほどですから。たかが女房に逃げられた情けない男が、一体どんなお咎《とが》めを受けたことか。さ、茜さんに、お礼を申し上げて下さいまし』

秋山尼は、まったく悪びれもせず、むしろ素直に感心した顔で、桂泉尼へ言った。

「そのような長台詞を、よく、まるまるとお覚えになりましたこと」

桂泉尼が、笑みを深くして頷《うなず》く。大層楽し気だ。

「ええ。秋さんのお説教は、なんとも耳に心地よいですから」

茜は、そっと口を挟んだ。

「桂さん。あれくらいで大の男が死んだりしません。それほどの手加減は、ぬかりなくしています」

　桂泉尼は、円《つぶ》らな瞳を更に丸くした。

「まあ、そうでしたの。まったく容赦がなかったようにお見受けしたものですから。だって、茜さんもお怒りでございましたでしょう。たかが尼寺、という言い様に」

「随分と、楽しそうだこと」

　新たに割って入った品のいい女の声に、茜たち三人はさっと居住まいを正した。

「院代様」

「法秀尼様《ほうしゆう》」

　尼僧二人は、やってきた尼僧をそう呼び、茜は黙して頭を下げた。

　東慶寺は、その由緒の正しさが仇《あだ》となって、住持に就くだけの家柄を持った者がなかなか見つからずにいた。そのため塔頭筆頭蔭涼軒《たっちゅうひっとう》の尼僧が、院代として東慶寺を統べるようになって久しい。

　水戸徳川家息女である法秀尼が、東慶寺の十二世院代に就いて三年経つ。眩《まぶ》しいほどの高潔さ、品の良さを備えた尼僧だ。

　法秀尼は、滑るような動きで空いていた上座へ落ち着き、三人を見比べた。

「駆け込んだ女子《おなご》と、追ってまいった亭主は、いかがしました」

桂泉尼と秋山尼が、揃って茜を見た。東慶寺にあまたいる尼のうち、駆け込みに直に携わるのは、主にこの二人だ。

法秀尼の問いかけに答える役目は、他に誰がいても、必ず茜に振られる。お世辞にも、弁が立つとは言い難い茜としては、常々荷が重いと考えているのだが、誰も法秀尼の問いに答える役をやりたがらないのだから、是非もない。

法秀尼が、疎んじられている訳ではないのだ。東慶寺やその周りの人間で法秀尼を慕っていない者は、ひとりもいないと言っていいだろう。

むしろ、慕っているからこそ、不用意に法秀尼の問いかけに答えられないのだ。

やれやれ。

茜は、軽く笑ってから法秀尼へ「これは、桂さんと秋さんが手配をしてくださったのですが」と前置きして、答えた。

「おきぬさんは『柏屋《かしわ》』さんへ。ご亭主は一旦《いったん》江戸へ帰らせました。後見人と共に出直すように、と。呼び出し状は、おきぬさんの実家、嫁ぎ先、町名主、仲人《なこうど》に。既に梅次郎《うめじろう》は役所を発《た》っております。ご亭主方の逗留《とうりゅう》は『松本屋《まつもと》』さんにお願いしてあります」

「柏屋」も「松本屋」も、東慶寺の御用を務める旅籠《はたご》、御用宿だ。

法秀尼が訊《たず》ねる。

「梅次郎ひとりに行かせたのですか」

「はい。皆、江戸市中で暮らしているという話でしたし、もめるかもしれませんから」

梅次郎は、東慶寺お抱えの寺飛脚だ。

駆け込みがあった時、嫁ぎ先とその町名主、女の生家、加えて、先刻の亭主のような困った相手のせいで離縁がこじれそうな折には、仲人にも東慶寺から呼び出しをかける。その「呼び出し状」を届けるのが、東慶寺お抱えの飛脚の役目である。

寺飛脚は、梅次郎を含め三人。普段は一刻も早く呼び出し状を届けるため、手分けをすることになっているが、もめそうな相手には、余程届け先同士が離れていない限り、梅次郎ひとりに任される。

あの人騒がせな亭主の身内だ、呼び出し状を受け取らないだの、誰が鎌倉まで行くものか、だの、飛脚代は払わない――宛て先の者が払う取り決めになっている――だの、言い出さないとも限らない。

梅次郎なら、そんな難癖をにっこり笑いながら往《い》なすだろうし、相手が腕に物をいわせようとしても、大抵は梅次郎の方が強い。

「そう」

法秀尼が、得心した風に頷いた。法秀尼に無敵の微笑で厄介な事を「頼みます」とお願いされる心配がなくなった、と踏んだのだろう、桂泉尼が楽し気に口を開いた。

「町名主さんや仲人さんにまで、呼び出し状が行くと聞いて、ご亭主青くなってましたっけ。秋山尼さんに『急いで戻らないと、寺の飛脚の足は飛び切り速いですよ』って脅された時の慌てようと言ったら」

秋山尼が胸を張る。

「役所の皆さんともお話ししましたが、境内へ押し入ろうとしたお馬鹿さんです。勿論《もちろん》、仲人殿にもお越しいただかなければ」

晴れやかに、法秀尼が笑った。

「梅次郎が戻ってくれれば、詳しい話を聞けますね。まずは、一安心というところかしら。茜、桂、秋。皆ご苦労でした」

秋山尼が、心配そうな顔で法秀尼を見た。

「院代様が、駆け込み女のひとりひとりにお気を配っていらしては、御身がいくつあっても、足りません」

法秀尼が、邪気のない、十六の娘のような笑みを浮かべた。

たちまち、秋山尼と桂泉尼が、軽く身構える。

「秋がそう言ってくれるのなら、遠慮なく、秋にも桂にも、色々頼むとしましょう」

桂泉尼が、肘《ひじ》で秋山尼の脇腹を押した。

桂泉尼と秋山尼は、仲がいい。

秋山尼は、法秀尼がやって来てすぐ、駆け込んできた町人の女だ。寺法離縁が整った後も、寺に残りたいと尼になった。

桂泉尼は、法秀尼と共に水戸家からやってきた武家の女。元は法秀尼の身の回りの世話をしていた奥女中だったそうだ。法秀尼の話では、奥女中をやっていた頃はほっそりしていたらしいが、東慶寺へ入ってからは、駆け込み女とその身内から持ち込まれる、つけ届けの甘味が元で、随分ふっくらとしてしまった。

内輪の場では、落飾と共に与えられた尼僧の名ではなく、その前からの名——桂や秋——で呼び合うのは、法秀尼の望みである。

ここは寺ではあるけれど、駆け込み女も、御仏《みほとけ》に仕える身でも、身内、自分の生家の様に過ごして欲しい、と。

ふっと、法秀尼が笑みの色合いを変えた。

それは、武家の女の凛《りん》としたもののようでもあり、齢《よわい》を重ねた老練な尼僧のもののようでもあった。

「院代は、寺を護《まも》るだけでは務まらぬ。駆け込んできた女子の身、幸せな行く末も、同じように護らなければならぬ」

しゅっと、二人の尼僧の背筋が伸びた。

法秀尼は元の十六の邪気のない娘のような佇《たたず》まいに戻って、続けた。

「だから、わたくしは院代として、助けを求めてきた女子たちひとりひとりのことは、しっかり承知しておかなければね。頼りにしていますよ、二人とも」

桂泉尼が、続いて秋山尼が、慎《つつ》ましく頭《こうべ》を垂れた。

『お任せくださいませ』

仲のいい二人の澄ました声が、仲良く重なる。

茜は、そっと笑いを堪《こら》えた。

院代様に返事をしたからには、これからせいぜい、二人にも手伝ってもらえる。

何しろ、法秀尼から無理難題を投げかけられなくても、ひとつの駆け込みに対して、やらなければならないことは多い。

離縁したい女が東慶寺の中門を潜れば、その場で離縁が成り立つ訳ではないし、すぐに寺が女を預かる訳でもない。

まず、駆け込み女の身柄は御用宿に置かれる。その上で、寺の中門と表御門、裏門の間にある役所に呼び出し、話を聞く。役所には役人や門番とその身内など、男も子供も暮らしている。

駆け込み女から話を聞く一方で、呼び出し状に応じて駆け付けた者たちからも言い分を聞く。

まずは東慶寺が間に入って、穏便に済ませる道を探るのだ。

互いに言いたいことを言いあって、元の鞘《さや》に収まる夫婦も多い。

離縁ということになっても、話し合いで夫が離縁状――三行半《みくだりはん》を書くことに承知すれば、内済離縁《ないさいりえん》が整い、女は晴れて独り身、新しい亭主を見つけることもできる。

三行半とは、亭主が女房を追い出すためのもの、という訳ではない。むしろ女にとって、新たな嫁ぎ先を見つけるためにはどうしても入用な、大切なものなのである。

話し合っても、亭主と実家がその三行半を書くことを拒み、女房の離縁の決心も変わらない時、女が足かけ三年、都合二十と四月《よつき》を寺で勤めをこなしながら過ごすことによって、寺法離縁が成る。

離縁が整った後のいざこざを防ぐため、嫁ぎ先が再び女房を連れ戻さないための念書、子の扱いや詫《わ》び金、持ち物の扱いなど、こと細かに、証文を交わしておく。そんな風に、駆け込みと離縁にまつわる寺法と、証文の体裁を瞬く間に整えていったのが、法秀尼だ。

とはいえ、寺が寺法を整えただけでは、従わぬ者も出てくる。役人の不正、院代の不在。東慶寺は荒れていた時が長すぎた。遥《はる》か昔より徳川宗家の確かな後ろ盾があると知らぬ者も多いのだ。

そこで法秀尼は、役所に、腕に覚えのある門番や有能な役人を据えた。御用宿との繋《つな》がりも、改めて緊密に結び直した。

法秀尼が院代となって三年、ようやく、女たちが真実頼れる「駆け込み寺」としての強さと確かさを、東慶寺は取り戻した。

そんな法秀尼を慕う者は多いが、疎んじる者もいる。

例えば、境内の大木を勝手に売り払ったり、東慶寺とつながりがあると装って、勝手に駆け込み女やその身内、亭主から袖《そで》の下を取ったり。東慶寺が荒れていたことで甘い汁を吸っていた輩《やから》は、一人二人ではない。

尼寺を廓《くるわ》と勘違いしている痴《し》れ者も、未《いま》だに無くならない。

だから茜は、「預かり女」——離縁を待つ「寺入り女」でなく尼僧でもない、行儀見習いなどの為に寺へ預けられた女のことだ——の立場ではあるが、法秀尼や、寺の女たちの警固を一身に担っていた。

二十と四月、修行をして過ごす「寺入り女」ではないのだから、髪を切らなくてもいいと言われたが、法秀尼の側近くに仕える者のけじめとして、尼削《あまそ》ぎに髪を揃えた。

いざ切ってみると、半可な長さの髪がかえって鬱陶《うっとう》しく、ひとつにまとめて結っているのだが、それを桂泉尼や秋山尼は、「元服前の剣士様のようだ」と言ってからかう。

茜は、どんな時も法秀尼の側に控え、その身を護る覚悟をしていた。

だが法秀尼は、笑って「同じ境内にいる時は、何かあった折に駆けつけてくれればよい」と、茜に命じた。夜も床をとって、自らの部屋で眠るように、と。

表御門にも裏門にも、門番がいる。皆、茜ほどではないが腕に覚えのある者だから、あの者たちに任せなさい。そう諭した法秀尼に、茜は頷《うなず》いた。

昼間は言いつけ通り、法秀尼の気配が分かるほどの間合いを取って過ごしている。

夜は、法秀尼の隣の小さな部屋で、浅い眠りをとる。

いつでも、法秀尼の許《もと》に駆けつけ、護れるように。

門番や役所の男たちは、確かに頼もしい。

けれど、その耳目も、東慶寺の塀も、決して万全ではない。

そのことを茜自身が、誰よりもよく知っていた。


おきぬの駆け込みに関する話し合いが始まってしばらく、新たな駆け込み女が東慶寺の中門を潜った。

小ぬか雨が音もなく降りしきる、肌寒い初夏の日暮れのことであった。

おきぬの時とは違い、その駆け込みは女ひとりでひっそり、淡々と行われた。

三十半ばほどのしっとりとして上品な女で、海松色《みる》――海藻の様に茶を帯びた、落ち着いた緑色の小袖に臙脂《えんじ》の帯を几帳面《きちようめん》に着こなしている。きっちりと結われた島田の髪は艶《つや》やかで、洒落《しやれ》た蒔絵《まきえ》の櫛《くし》がよく映えていた。差している江戸紫の傘も小粋《こいき》だ。どれもみな、金のかかった上物《じようもの》である。

淡く施された化粧を差し引いても、肌艶、唇の血色もいい。年増《としま》だが、顔立ちも整っている。

どこをどう見ても、何の心配も不満もない、荒《すさ》んだ気配の欠片《かけら》もない、つまりは、駆け込み寺なぞに縁も用もないような、身なりのいい女が、軽く笑みながら、「こちら様へお世話になりましたら、亭主と別れさせていただけますのでしょうか」と、まるで道を尋ねるような、穏やかな口調で問いかけてきたのだ。

門番は、驚き過ぎたのか、女を見つめたきり言葉を失っている。

その様子を、役所の前で桂泉尼に小太刀の稽古《けいこ》をつけていた茜は、その手を止めて静かに見守った。

いつの間にか側にやってきた梅次郎が、茜と桂泉尼の間で、面白そうに呟《つぶや》いた。

「ちっと薹《とう》が立ってるが、いい女がやってきたねぇ」

茜が、じろりと睨《にら》みつけると、梅次郎は、「おっかねぇなあ、姐《ねえ》さんは」とおどけた。

表御門では、答えてくれない門番に、女が少し困ったように笑いかけ、言葉を変えて訊《たず》ね直している。

「亭主と縁を切ろうと参ったのですが、私は御寺様を間違えてしまいましたでしょうか」

門番は、ようやくはっと我に返り、しどろもどろに訊《き》き返した。

「お前さん、駆け込みかい」

女は、更に困ったようになって、中門へと続く階段を見上げた。

「離縁するには、ここを駆けて境内へ入らなければなりませんか」

茜は、桂泉尼と顔を見合わせて頷き、表御門へ急いだ。

門番は呆《ほう》けたままだ。あれでは、埒《らち》が明かない。

女が茜を見て、ほっとした顔をした。

「こちらは桂泉尼様。私は寺で働いております、茜と申します」

茜が名乗ると、女がおっとりと頭を下げた。

「綱《つな》と申します」

「お綱様。御身内が、お前様の後を追ってくるようなことは、ございませんか」

桂泉尼の問いに、女はからりとした顔で首を横へ振った。

「亭主は、きっと私が家を出たことも気づいてはおりませんでしょ。ここ半月ほど、妾《めかけ》の住まいに入り浸っておりますから」

桂泉尼が、何の屈託もなく告げられた言葉にぎょっとした。すぐに、微《かす》かにぎこちなさの滲《にじ》む笑みを取り繕い、「ああ、そうでございましたか」と応じた。

門番は、まだ目を白黒させている。

「まずは、寺役人が役所で詳しいお話を伺います。どうぞこちらへ」

茜が、お綱を役所へ促した。

駆け込んでからほどなく、お綱は役所から「柏屋」へ入った。

「柏屋」にはおきぬを頼んだばかりだが、「松本屋」には、あの厄介なおきぬの亭主が来ることになっている。残る「仙台屋《せんだい》」には、お綱の亭主を振り分けた方がいいだろうということになったようだ。

お綱が宿へ移るのを待っていたように、門番に飛脚、桂泉尼まで一緒になって、お綱のことを噂し合った。

「どこぞの大店《おおだな》のお内儀だろうか」「妾と取っ組み合いの喧嘩《けんか》でもしたか」「いや、そんな悋気《りんき》とは無縁に見えた」と、姦《かしま》しいことこの上ない。

普段、駆け込み女に対して、東慶寺の者が軽々しく噂話に花を咲かせることはない。

それでも、役所の男たちも尼僧も、揃ってそわそわとその女のことを囁《ささや》き合ったのは、それほど、女が珍しい佇《たたず》まいであったからだろう。

それにしても、浮つきすぎだ。

窘《たしな》めようとした茜を、そっと梅次郎が止めた。

「まあ、たまにはいいじゃねぇか、姐さん」

茜は、桂泉尼たちをにこにこと微笑まし気な顔で眺めている、傍らの梅次郎を見《み》遣《や》った。

梅次郎は、小柄ですばしっこい男だ。腕っ節《ぷし》が強く、剣術にも覚えがあるようで、時折茜の鍛錬に付き合わせるのだが、ただの見様見真似を装った構えには、いつも隙が見いだせない。

歳は、茜の二つ下で二十三。

「おいらたち飛脚はともかく、普段みんな松岡界隈《かいわい》しか見てねぇんだ。艶《つや》っぽい、洒落た身なりの内儀の口から妾がどうした、なんて芝居みてぇな話が飛び出したら、どうしたってそわそわしちまうってもんだ。賑《にぎ》やかで派手やかな江戸は今頃どんな風だろうかって、さ。何も当人や他の駆け込み女やその身内、寺入り女の聞こえるとこでやってるんじゃねぇんだからよ」

茜は、むっつりと梅次郎に言い返した。

「そんなに、いいものなのかな。上辺だけ飾り立てたあの騒々しさが」

梅次郎の視線を、横顔に感じた。

「何」

更に不機嫌に訊く。梅次郎はからかうように、「いやあ」と続けた。

「姐さんは、斜めだなあ、と思って」

「どうせ、斜《はす》に構えてるって言いたいんでしょう」

法秀尼からは、ずっと女子《おなご》らしい言葉遣いを心掛けなさいと言われてきた。ようやくこのところ、言葉尻《じり》の柔らかな始末も身についてきた。

法秀尼は、茜に言う。

――いずれ茜には、ありふれた女子になって欲しいのです。剣術が強くて構わぬ。松岡が落ち着くのであれば、江戸に戻ることもない。着飾ることもないし、紅を刷《は》かなくてもよい。無理に恋をせよ、子を儲《もう》けよというのでもない。ただ、女子に生まれてよかったと、心から感じて欲しい。わたくしの為、わたくしを護《まも》るために生きるのではなく、自分の為に生きられるようになりなさい。

法秀尼にそう言われ、茜は戸惑った。

どうすればいいのか分からなかった。

その茜の顔から何を悟ったのか、法秀尼はほんのりと哀しそうな、慈しむような目で微笑んだ。

——とりあえず、その男子《おのこ》のような言葉遣いから直しましょうか。

言われて、どれほどほっとしたことか。

とりあえず、「何をすればいいのか」——法秀尼と東慶寺を護ることの他に——が分かったから。

なのに、梅次郎は寂し気な溜息《ためいき》混じりに呟くのだ。

「おいらは、姐さんがここへ来た頃の、ちょいと乱暴な話し方のが、好きだなあ」

茜はむっとして、言い返した。

「梅さんに好かれようと思って、話してるわけじゃない」

途端に梅次郎が、くしゃりと顔を綻《ほころ》ばせた。

「そう、それそれ。なんだか打ち解けて貰《もら》ってる気がして、嬉《うれ》しいんだよなあ」

心底嬉しそうに言われるのが照れ臭く感じるのは、なぜだろう。それが、茜をなんとも居心地悪くさせる。

「褒められてる気がしないぞ」

「褒めてるんだぜ」

「どうせ私は、斜に構えてるからな」

「だから、そういう意味で言ったんじゃねぇって。おいらたちが知ってることの斜め上を行ってるってぇことさ」

梅次郎は、鼠色の雲から晴れ間が覗《のぞ》き始めた空を見上げながら、からりと続けた。

鷹《たか》が一羽、空を滑るように舞っている。

「ちょっと高《たけ》ぇとこから、物事を見てるってぇことさ。ほら、あの鷹みてぇに。その綺麗《きれい》な目には、江戸やこの松岡、駆け込み女やおいらたちが、どんなふうに見えてるのかな。ひとりで空を飛び回る鷹。かっこいいじゃねぇか」

梅次郎は、楽しそうだ。

けれど茜は、冷たい水を浴びせかけられた心地になった。

この、変わった色の目は、東慶寺の外で綺麗と言われたことがない。

自分は、あの鷹のように明るい日の下で堂々としていられるような者ではない。

茜は、踵《きびす》を返した。

「姐《ねえ》さん」

どこへ、と問いかけてきた梅次郎を見ずに、茜は告げた。

「お綱さんの駆け込みの詳しい経緯《いきさつ》を、役所で訊《き》いてくる。院代様がお気になさるだろうから」

梅次郎の問いかけるような視線が、背中に刺さったような気がした。

＊

お綱は、木挽町《こびきちょう》の本櫓《やぐら》——官許の芝居小屋、森田《もりた》座の役者の女房だ。亭主の名は、孝助《こうすけ》。役者としては、澤井宇三郎《さわいうさぶろう》を名乗っていて、お綱は亭主の言いつけ通り、「お前様」「宇三郎さん」と呼んでいるそうだ。

立役にしては小柄で、小太り。ぎょろりとした目に大きな団子っ鼻、薄い唇。正直、素は見栄えのする色男には、程遠い。

だが、ひとたび芝居となると、目立つ目と鼻も、化粧映え、舞台映えする顔立ちに早変わりする。立ち居振る舞いに色気があり、台詞《せりふ》の口跡は群を抜いている。立ち回りの切れの良さも抜群で、今飛ぶ鳥を落とす勢いの役者なのだそうだ。

宇三郎には、外に囲っている妾《めかけ》が三人いる。その他にも吉原《よしわら》に馴染《なじ》みの遊女がひとり、気まぐれに訪ねる程の女は、数知れず。

歳は三十三、お綱はひとつ上の三十四。

宇三郎が、同じ森田座で座頭を務めていた役者の姪《めい》、お綱と所帯を持ったのは十と一年前のことだ。宇三郎には、お綱を娶《めと》る前からの古なじみの妾がいた。小料理屋をやっているのだという。お綱も伯父《おじ》の座頭もそれは得心した上での輿入《こしい》れだった。

役者は遊んでなんぼ、妾のひとりも持たないようでは、ろくな芝居はできない。そんなことを悪びれる様子もなく、女房子供の前で言い放ってしまうような性分同士、宇三郎とお綱の伯父は大層気が合ったのだという。

宇三郎は、森田座の座頭という飛び切りの後ろ盾を得て、のし上がっていった。お綱も、幼い頃から伯父を見てきたから、役者の女房がどういう辛抱をしなければいけないのかは、承知していた。

だから、祝言のその夜、亭主が小料理屋の女のところへ向かっても、妾を増やしても、吉原へ入り浸っても、お綱は何も言わなかった。

金子《きんす》のやりくりはお綱が任されていたが、宇三郎に金が要ると言われるたびに、言われるだけ渡していた。

役者が金惜しみをするものではない、と伯父から言い聞かされていたからだ。

嫁いで二年で、子が出来た。

お綱によく似た、柔らかな面立ちの男子《おのこ》だった。宇三郎が児太郎《こたろう》と名付けた。

いずれ、この子も役者になるのだと、お綱は信じていた。父の背を追って、本櫓の華やかな舞台に立ち、人気役者になって父のように客から喝さいを浴びる。

それだけを楽しみに、お綱は過ごしてきた。

悋気《りんき》がなかった訳ではない。

悋気を起こしても、自分には一文の得にもならないと知っていただけだ。

児太郎を儲けてからは、尚更《なおさら》だった。

息子をひとかどの役者にするには、「人気役者、澤井宇三郎という父」がどうしても入用だ。

だから、お綱が亭主に望むことはただひとつ。児太郎が一人前の役者になるまで、大きな後ろ盾として人気役者のままでいてくれること。それだけだった。

三年前、古なじみの小料理屋の女に、男子が出来た。

宇三郎は喜んだ。児太郎が生まれた時よりも。

それでも、お綱は宇三郎を放っておいた。

宇三郎の跡を継ぐのは、女房が産んだ子、歳上の児太郎だ。

お綱は疑っていなかった。十日前までは。

小料理屋の女に子が出来てから、家を空けがちになっていた宇三郎が、久しぶりに戻ってきて、ほろ酔いの上機嫌でお綱にこう言ったのだ。

――あれは、いい役者になるぞ。まだ四歳《よっつ》なのに、よく通る、いい声をしている。今からいい芝居を沢山見せて、稽古《けいこ》もつける。舞台で映えるいい立役になる。澤井宇三郎の跡取りが、ようやく出来た。

宇三郎は、児太郎に稽古どころか、芝居を見に連れて行ってくれたことさえない。

児太郎は、どうなるのですか。

お綱が訊いた。

宇三郎は、目を丸くして、次いで笑った。

――あれは、駄目だ。線が細すぎる。何、心配するな。いい商家を見繕って婿に出してやる。食うに困ることはない。

そうですか。

お綱は、それだけやっと呟《つぶや》いた。

それから宇三郎は、小料理屋の女の息子自慢を続けていたようだが、お綱の耳には殆《ほとん》ど入ってこなかった。

自分の中から湧き上がってくる、ちりちりとした痛みを堪《こら》えるのに手いっぱいだったのだ。

次の日、宇三郎が出かけるのを待って、お綱は小料理屋を訪ねた。

小料理屋の女は、お綱の顔を見知っていた。

丁寧に挨拶《あいさつ》をされ、今まで本宅に不義理をしていたことへの詫《わ》びを入れられた。

小料理屋を出す金子を出したのが宇三郎だと、女から聞かされ初めて知った。

小料理屋の女は、お袖《そで》。お綱よりも六歳下の二十八。色白という訳でもない、目鼻立ちがはっきりしているという訳でもない、ありふれた地味な女だ。

ああ、そうか。

お綱は、お袖の声を聞いて得心した。

よく通る、いい声だ。宇三郎はこれが欲しかったのだ。

お綱は、残る二人の妾の様子を見に出かけた。

ひとりは、はっきりした目鼻立ち。もうひとりは、絵姿になりそうな整った顔立ち。

やはり、とお綱は頷《うなず》いた。

宇三郎は、この顔形が気に入った。

女の好みではない。宇三郎は、華奢《きゃしゃ》でほっそりした、しとやかな女を好む。そういう女はきっと、吉原にいるのだろう。

二人の妾は、役者を産む女として、気に入った顔形だったのだ。

そして自分に対しては、伯父の力。欲しかったのはただそれだけだった。

＊

茜は、哀し気に顔を曇らせている法秀尼に、続けた。

蔭涼軒の居間、お綱や、亭主の役者の噂をしたくてそわそわしている尼僧二人を遠ざけての遣《や》り取りだ。

「お綱さんは、役所で笑って言ったそうです。このままでは、自分はお袖さんの息子を縊《くび》り殺してしまいそうだから、東慶寺へ来た、と」

ふ、と法秀尼が小さく息を吐いた。

「喜平治《きへいじ》は、どう見ていますか」

喜平治は、東慶寺一番の古株役人だ。泣いたり騒いだり怯《おび》えたり、怒ったり。そんな駆け込み女の要領を得ない話を根気よく宥《なだ》め、きちんとした経緯《いきさつ》を聞き出す達人である。

「ぞっとした、と」

茜の答えに、法秀尼は首を傾げた。茜が言葉を添える。

「これで、亭主と縁が切れる。そんなさっぱりした顔の駆け込み女は、幾度も見ている。けれど、そのさっぱりした顔で、幼子を『縊り殺してしまいそうだから』と静かに告げた女子《おなご》は、初めて見た。かえって本当にやるのではないかと感じて、ぞっとしたのだそうです」

そう、と法秀尼は哀しそうに頷いてから、少し迷うように視線をさ迷わせて、訊《たず》ねた。

「茜の見立ては」

茜は、少し笑った。

そんな風に気遣って下さらなくとも、構いませんのに。

法秀尼は、茜に訊ねているのだ。人を殺《あや》める技を教え込まれてきた茜に、お綱は本当に人を殺す覚悟をしていたのかどうか、分かるか、と。

「遣り取りの場にいた訳ではございませんでしたので、なんとも。ただ、随分と腹の据わった女人だとは、感じました」

そう、と法秀尼がまた、小さく応じ、呟いた。

「慈しんできた我が子を置いて、身ひとつで東慶寺へやってきた心裡《こころうち》とは、どのようなものだったのであろうか。今までの辛抱がすべて水泡に帰すことは、承知であろうに。ご亭主と関わった女子たちを目の当たりにして、悋気が大きくなったのか」

「役所に呼んで、喜平治さんにもう少し詳しく聞いて貰《もら》いますか」

法秀尼は、しばらく考えるように黙してから、確かめた。

「呼び出し状は」

「既に、手分けをして向かって貰っています。お綱さんの御実家、伯父御《おじご》、ご亭主と町名主殿」

法秀尼は、分かりました、と小さく頷き、告げた。

「では、皆が揃うのを待ちましょう。それまでお綱は静かに過ごさせるように」

ところが、法秀尼の言う「皆」は三日待ってもひとりも揃わなかった。

代わりにやってきたのは、宇三郎に付いているという奥役――役者の世話役のようなものだ――の男と、件《くだん》の小料理屋の女、お袖であった。

桂泉尼と秋山尼、お綱の駆け込みに関わる役人は、江戸で評判の役者が来ないと分かって拍子抜けするやら、妾《めかけ》が内済離縁の場に乗り込んできたなんて前代未聞だと、大騒ぎするやら、忙しかった。

寺飛脚は、呼び出した相手がひとりもやってこなかったと知り、子供の使いより酷《ひど》いと、自らを責めていた。

お綱の伯父の代わりだという奥役の男は、ひたすら肩身が狭そうに、誰も来ることが出来なかった訳を訴えた。

宇三郎は、今まで不平も悋気《りんき》も表に出したことのなかった女房がいきなり東慶寺へ駆け込んだと聞いて狼狽《うろた》えきっており、芝居もままならないありさまなのだという。

すぐさま、東慶寺へやってこようとしたのを止めたのが、お綱の伯父だ。役者が身内のことで舞台に穴をあけるなぞ、あってはならない。だから勿論《もちろん》、自分も東慶寺くんだりまで行く暇はない。

――お綱。お前はすべて承知の上で役者の女房になったはずだ。今更若い娘のような愚かな真似なぞせず、すぐに戻ってこい。そうしたらすべて水に流してやる。

そう伝えてこいと、奥役はお綱の伯父、森田座の座頭から言われたそうだ。お綱の二親は役者の兄に頭が上がらず、その眼を憚《はばか》って来られないのだという。

そして、宇三郎の名代が、呆《あき》れたことにお袖なのだそうだ。

お袖は、お綱に対して大層腹を立てていて、すぐにでも会わせろと、宇三郎方に振り分けるはずだった御用宿、「仙台屋」の手代に詰め寄っているらしい。

町名主は、誰も揃わないのであれば自分が行くこともない、という文を、これまた奥役に持たせて、まずは様子を見ようというつもりのようだ。

無論、町名主がそれでは済まされないが、妾を幾人も抱えた役者とその女房の離縁騒ぎに、子を儲《もう》けた妾まで加わるとなれば、腰が引けるのも無理はないだろう。

「どう、いたしましょう」

訊ねた茜を、法秀尼が円《つぶ》らな瞳《ひとみ》で見つめた。

松岡役所内、吟味所の隣に設けられた内見所に、法秀尼と茜、桂泉尼、秋山尼、それにお綱から話を聞いた役人の喜平治が一堂に会している。内見所は、院代が吟味の様子を密《ひそ》かに確かめるために作られた部屋だが、法秀尼は役人たちとの話し合いにも、使っている。

法秀尼が、まず口を開いた。

「お袖と申したか。頭《つむり》に血が上っておる女子をお綱に会わせる訳には、ゆかぬだろう」

秋山尼は大きく頷いたが、喜平治と桂泉尼は顔を見合わせた。

すかさず、法秀尼が二人に訊ねる。

「何ぞ、思案がありますか」

喜平治が、「実は」と切り出した。

「『柏屋』の好兵衛《こうべえ》さんが、女子同士を会わせてみたらどうか、と」

好兵衛は、お綱を預けてある御用宿「柏屋」の主《あるじ》だ。商売っ気たっぷり、生粋の商人《あきんど》で、御用宿の傍ら、饅頭《まんじゆう》屋も営んでいる。御用宿は、預かった駆け込み女の後見人も務めるのが習いで、これからどんな流れで離縁の話が進むのか、どんな話をしてどんな書状を交わし、金子《きんす》はどれほどかかるのかを、女に聞かせる。

その際、寺役所や尼僧への心づけとして自分の店の饅頭を勧める、という訳だが、預かっているお綱に留《とど》まらず、「仙台屋」にいるお袖にまで饅頭を売り込みに行った。

江戸の小料理屋の女将《おかみ》や、江戸で評判の役者が、饅頭を「旨《うま》い」と言ってくれれば、いい「松岡土産」の宣伝にもなると考えたらしい。

そこでお袖の人となりに接し、お綱に会わせた方がいいと感じたのだという。

秋山尼が、眦《まなじり》を吊《つ》り上げて異を唱える。

「離縁を決心し、駆け込んできたばかりのお綱さんにご亭主の妾を会わせても、落ち着いた話ができるとは思えません。そもそも、離縁話の名代に自分の妾を寄《よ》こす。その宇三郎という役者の頭の中には、どんなお気楽な風が吹いているのでしょうか」

喜平治が、まあまあ、と秋山尼を宥《なだ》めた。

「亭主の話は置いておいて。好兵衛さんの話じゃあ、お袖さんが腹を立てているのは、悋気とか、お綱さんに張り合っている、ってんじゃなさそうなんで」

「それでも、腹を立てているのでしょう。そんな女子二人を会わせたら、騒ぎが起きることは目に見えています」

喜平治が、こめかみのあたりをぽりぽりと掻《か》きながら、言った。

「まあ、ちょっとした騒ぎにゃあなるかもしれませんねぇ。何しろ、お綱さんの息子はお袖さんが預かってるってんだから」

「なんですって。それは、坊やの一大事じゃあありませんかっ」

お綱は、お袖の幼子を「縊《くび》り殺してしまいそうだから」と言った。同じことが、お袖にも言えるのではないか。

秋山尼が危ぶむのも無理はない。

声を荒らげた秋山尼を、法秀尼が「秋」と呼んで宥めた。

途端に秋山尼が、しゅん、と項垂《うなだ》れて座り直した。

法秀尼が、喜平治に確かめる。

「お綱の子は、嫁ぎ先の下働きが見ている筈《はず》だと、聞いていますが」

「それが、呆れてものも言えないとは、このことでございまして」

母を恋しがって、飯もろくに喉《のど》を通らない我が子を「見ていると嫌気がさす」と言って、宇三郎がお袖に預けたのだそうだ。

吉原へでも他の女のところへでも、自分が出て行けばいいのに。ぷんすかと怒っている秋山尼を、桂泉尼が宥めている。

法秀尼が再び、喜平治に問うた。

「それで、お袖が江戸を発《た》ってから、二人の子はどうしているのです」

「へぇ。小料理屋の馴染《なじ》み客に信の置けるお人がいるそうで、経緯《いきさつ》を噂で聞いて、だったら自分が預かると申し出てくれたとか。子供好きのいいお人ってぇ話です」

「その者の素性は」

法秀尼の問いに、喜平治が答える。

「中村《なかむら》座の女形《おやま》だそうで」

法秀尼が、ちょん、と小首を傾げたので、茜はそっと身構えた。

よからぬことを思案している時の顔だ。

「中村座の役者の許《もと》に、お綱の息子がいる。そう。それは、上手《うま》く事を運べば、あるいは――」

小さな呟《つぶや》きの中身は、傍らで控えている茜にしか伝わらなかっただろう。

法秀尼は、にっこりと笑って秋山尼に確かめた。

「お袖がお綱の子を預かっているとなれば、二人を会わせぬという訳にはゆかぬでしょう」

喜平治が、やんわりと言い添える。

「それにねぇ、秋様。『柏屋』の好兵衛さんは、確かにがめつい、おっと、商い一番のお人ですが、伊達《だて》に長年御用宿の主《あるじ》を務めてきたわけじゃあない。これまで後見人として幾人もの駆け込み女を見、話を聞き、味方になってきなすった。そのお人が、お袖さんは年端も行かねぇ子に無体な真似をするようには見えない、母親同士、膝《ひざ》突き合わせて話をさせてみちゃあどうだって仰《おっしゃ》るんです。これは、無下にはしない方がいいんじゃございませんかね」

そこへ、桂泉尼が加勢した。

「ご亭主には身代わりを立てられ、味方の筈の伯父《おじ》には理不尽に突き放され、このまま、ご自分の胸の裡《うち》を吐き出せずに松岡へ入ることになっては、お綱さんがお気の毒です。せめて、憎たらしい相手に言いたいことを言わせてやりたいではありませんか。いかがでしょう。掴み合いの喧嘩や、酷い罵りあいになりそうな折は私が止めに入りますから、ここは、『柏屋』さんの言う通りに、してみては」

法秀尼が、秋山尼に訊《たず》ねた。

「どう思います。秋」

秋山尼が、諦《あきら》めたように、小さく息を吐いた。

「院代様の仰せのままに」

法秀尼が、にっこりと笑った。

「喜平治、では早速、そのように整えておくれ」

喜平治と桂泉尼、そして茜立ち会いの上で、お綱とお袖が顔を合わせたその夕刻、茜は法秀尼に声を掛けられた。

「茜」

「はい」

「後は、亭主方と町名主を呼び出すのみですね」

「は」

「とはいえ、梅次郎たち飛脚には、ちと荷が重い」

低く呟いてから、法秀尼がじっと茜を見た。

茜は、零《こぼ》れそうになった溜息《ためいき》をそっと呑《の》み込んだ。

「茜」

飛び切りあどけない声で法秀尼に、
と、再び呼ばれ、茜は息を詰めた。

「はい」

「頼みます」

やはり、そう来たか。

こういう時に限って、いたいけな娘のような目をなさるのだから。

腹の裡でぼやいてから、茜は自ら申し出た。

「では私が江戸へ行って、ご亭主を説き伏せてまいります」

安堵《あんど》したように、法秀尼は微笑んだ。

「町名主は、わたくしが少しばかり手を打っておきましょう。それから、二人の息子のことですが――」

茜は、法秀尼に仕舞いまで言わせず、応じた。

「様子を見てまいります。叶《かな》うようでしたら、その中村座の女形に、話を聞いてまいりましょう」

法秀尼が、無双の笑みを浮かべた。

「茜には、わたくしの考えはお見通しですね。茜が行ってくれるなら、心強い」

茜は再び、苦い溜息を堪《こら》えた。正直なところ、茜は何より法秀尼の身を案じている。だからなるべく側を離れたくはないのだ。だが、嬉《うれ》しそうにそんなことを言われては、頷《うなず》くよりない。

「畏《かしこ》まりました。ただ、くれぐれも――」

「我が身の回りに気を付けるよう、であろう。わたくしも茜の考えはお見通しです。茜が留守の間は桂を側近くに置くゆえ、心配は無用」

茜が頭を下げると、法秀尼は悪戯《いたずら》な笑み混じりに、それから、と言い添えた。

「町名主とお綱の伯父には、灸《きゅう》が要りますね。秋を連れてお行き」

「畏まりました」

応じてから、茜は法秀尼と顔を見合わせ、そっと笑い合った。

＊

東慶寺の境内も周囲も、暗い闇に沈む、月のない夜更け。

門番や役所の男たちを尻目《しりめ》に、足音も気配も消して、石段を登っていく影がある。

西の面番所の隣は、中門へ向かって、畑、竹林と続き、石段の脇には立木が生い茂る。

影は、その立木の間を縫って石段の途中へ出た。

誰も起きてくる気配はない。

影が目指すのは、東慶寺境内、蔭涼軒。院代、法秀尼の居所だ。

尼も、駆け込み女も、呪《まじな》いにでもかかったように、起きてくる気配がない。

影は、法秀尼の寝所へ滑り込んだ。

穏やかな寝顔を天井へ向ける院代を、影は暫《しばら》く眺めていたが、するりと懐から短刀を取り出した。

鞘《さや》を外す。

月明かりのない深い闇の中、刃《やいば》が冷たく青白い光を放った。
躊躇《ためら》いなく、その刃が法秀尼の白い喉《のど》に当てられる。
——待てっ。
茜は叫んだ。
影が、ゆっくりとこちらを向いた。
鋼《はがね》色を纏《まと》った瞳《ひとみ》が、すっと笑みの形に細められた。
その影は、自分とそっくり、同じ顔をしていた。

＊

茜は、飛び起きた。
夢だと分かるまで、細く長い息二つほど掛かった。
葭簀《よしず》張りの建具の隙間から、ぼんやりとした月明かりが部屋へ差し込んでいる。
夢では、月は出ていなかった。
知らず知らずのうちに、口を両手で押さえていた。
隣では、秋山尼がぐっすりと眠っている。起こさずに済んだようだ。

強張《こわば》った掌《てのひら》をゆっくりとほぐしてから、子供のような大の字で眠っている秋山尼の襟元を、そっと整えてやる。

蚊帳《かや》越しに見やる部屋は、夜の闇に満ちていた。

夜明けまで、どれくらいだろう。

冷や汗とも脂汗ともつかないものが、首筋に纏わりついて鬱陶《うっとう》しい。

茜は、そっと起きて蚊帳から抜け出し、縁側へ腰を下ろした。

蚊《か》遣《や》りの煙の匂いに、むしろ悪い夢から醒《さ》めた心地で、ほっとする。

手拭《てぬぐ》いで首筋の汗を拭いながら、湿気で滲《にじ》んだ月を見上げた。

法秀尼の命《めい》を受け、茜と秋山尼は江戸へ出て来ていた。

隅田川《すみだがわ》の東、水戸徳川家下屋敷の近く、小梅《こうめ》村の小さな庵《いおり》に宿を得るのは、茜が江戸へ出た時の常だ。

法秀尼の知己で水戸徳川家ゆかりの尼僧が慎《つつ》ましく暮らしており、小梅村の農家から若い娘が、世話をしに通ってきている。

何でも元は武家の奥方で、夫を亡くしてから落飾したらしい。

五十歳に手が届こうかという、落ち着いた佇《たたず》まいの尼僧だが、時折浮かべる若い娘の様な邪気のない笑みからは、法秀尼の面影が覗《のぞ》く。知己というよりは、血のつながりがあるのかもしれない。

考えかけて、茜は軽く首を振った。

院代様が仰《おっしゃ》らないことを、詮索《せんさく》するものじゃない。

そうして、考えを駆け込み女、お綱とその亭主、宇三郎へ向け直した。

庵までの道すがら、宇三郎の評判を聞いて歩いたが、いい役者だ、粋《いき》で鯔背《いなせ》な男だ、という評判ばかりだった。

明日は、真っ直ぐ宇三郎を訪ねるか。それともその前に森田座のある木挽町で、宇三郎が身内にだけ見せる顔を聞き出すか。

背中で、秋山尼が起き出してきた気配を察し、茜は振り返った。

秋山尼がくすりと笑う。

「どんなに息を潜めて、足音を忍ばせても、茜さんには分かってしまうんですね」

「それは――」

茜お決まりの答えを、秋山尼が引き取った。

「鍛錬の賜物《たまもの》、でございましょ」

秋山尼は茜の傍らに腰を下ろしながら、形のいい頭を尼僧頭巾《ずきん》で覆った。東慶寺の境内では平気な様子でいるが、江戸の町中を通って来ると、どうしても黒髪を失くした自分の姿が気になるようだ。

秋山尼は、元は駆け込み女だった。内済離縁に至ったものの、東慶寺と法秀尼に惚《ほ》れこんで、自ら尼になることを選んだ。秋山尼には「駆け込み寺」での暮らしが合っているだろうと、法秀尼がそれを許した。

とはいえ、仏門に入ってまだ二年、女心というものはそうそう捨てられるものでもない。

秋山尼は、小さな声で楽し気に続けた。

「いかがです。桂さんは茜さんのようになれますか」

桂泉尼は、元々薙刀《なぎなた》の心得がある。こうして茜が法秀尼の許《もと》を離れている間、警固を任せているのだが、もう少し腕を上げて貰《もら》うべく、暇を見つけては茜が鍛えているのだ。筋はいい。だが。

「まだまだですね」

茜は、あっさりと答えた。

「やっぱり」と応じた秋山尼は、なぜだか嬉しそうだ。

茜は続けた。

「人の気配を読むためには、まず、自らの気配を消せるようにならなければ」

あはは、と秋山尼があけすけな笑い声を上げた。

「それは、さぞ遠い道のりでしょうね。何しろあの方は賑《にぎ》やかですから」

茜も笑って頷いた。

桂泉尼が「賑やか」なのは、決してやかましいという意味ではない。

人の心に寄り添うこと、ちょっとした人の仕草や顔つき、言葉尻からその心裡《こころうち》を察することに長《た》けている。その分、絆《ほだ》されることも多く、駆け込み女の話を聞いては、よく泣いたり笑ったり、忙しい。

それは、桂泉尼が持つ人としての徳だと、茜は考えている。秋山尼も同じだろう。

「何を考えておいでですか」

ふと、秋山尼が茜に訊《たず》ねた。

「明日は、亭主の許へ乗り込むのが先か、夫婦がこじれた経緯《いきさつ》を訊《き》いて回るのを先にするか、迷っていました」

あら、と秋山尼が何でもないことのように声を上げた。

「決まってるじゃあありませんか。ふざけた役者のところへいきなり乗り込んでいって、とっちめてやるんです」

「秋さん。宇三郎さんの言い分も、聞いてみなければいけませんよ」

「それは、とっちめてからで十分。幾人も妾《めかけ》を囲った挙句、松岡からの呼び出し状にも応じないなぞ、どうせ、ろくなご亭主ではないんですから」

茜は、苦笑いを零《こぼ》した。

秋山尼は、算術や書面づくりに長け、理詰めの考えも得手で、法秀尼や役人をよく助けている。また、駆け込み女やその亭主、身内の言葉の辻褄《つじつま》が合わないことを見抜き、嘘を暴くことに飛び切りの楽しみを見出《みいだ》しているようで、今も、どうやって宇三郎をとっちめてやろうかと、うきうきしている風に見える。

茜はどうしても、探索に目が向いてしまうが、奥役の話では、宇三郎は女房の駆け込みに狼狽《うろた》えているという。秋山尼の言うように、狼狽えている人間には、かえって直《じか》に当たってみるのが得策だろう。

「では、明日は秋さんにお任せしましょう。存分にとっちめてやってください」

「はい。お任せください」

秋山尼は、胸を張って笑った。

それから茜の顔をひょい、と覗き込み、

「いつもの通り、肝心なところは、茜さんがばっさり切りすててくださいましね」

勿論《もちろん》それは、言葉の綾《あや》である。相手を追い詰めるには、それまで黙っていた人間がいきなり口を開くのが一番効き目があると、秋山尼は言うのだ。

少し気圧《けお》された気分で茜が頷《うなず》くと、秋山尼は大きく頷き、茜の手首を捕えた。

「さ。そうと決まれば休みましょう。明日は沢山、喋《しゃべ》らなければなりませんから」

秋山尼に諭されるまま再び床に就きながら、茜は思った。

ああ、ほっとする。

東慶寺も、法秀尼の傍らも、秋山尼や桂泉尼といることも。

そうして考える。

こんな風に、安らぎを与えられることは、許されるのだろうか。

いつか真実を知った時、桂泉尼や秋山尼は変わらず、安らぎを与えてくれるのだろうか。

自分は、法秀尼の命を狙ったのに。


次の日、茜と秋山尼は、先にお袖の小料理屋の馴染《なじ》み客だという中村座の女形《おやま》と会ってから、森田座を訪ねた。

尼僧と小袖《こそで》に袴《はかま》、鉄扇を携えた「女剣士」の取り合わせは、芝居小屋の連中にとって、なかなか面白いものだったらしい。

刃《やいば》を仕込んである茜愛用の鉄扇は、町中や屋内など、小太刀も木刀も使えない時に、懐剣や匕首《あいくち》よりもよほど重宝するのだ。

二階にある宇三郎の楽屋へ案内される二人を、森田座の連中は楽し気に囁《ささや》き合いながら眺めている。

「尼様の立ち居振る舞いってのは、もっとしとやかだと思ってたけど」

「ああ。案外、町娘みたいにちゃっきりしてるもんなんだねぇ」

「鉄扇を使った立ち回りってのも、粋な芝居になりそうだ」

「ちょっと、振り回してみてくれねぇかな」

「お前《め》ぇ、後ろから襲い掛かってみたらどうだい」

「勘弁、勘弁。あんなおっかねぇもんで殴られたら、たんこぶじゃあ済まねぇ」

秋山尼は、「尼様らしくない」と言われたのが気に入らないらしく、口がへの字に曲がっている。

茜は、笑いを堪《こら》えて秋山尼に囁いた。

「褒めてるんですよ、あれは」

「そうでしょうか」

むっつりと、秋山尼が囁き返す。

「褒められてるのは、茜さんの方でしょう」

どうやら、それも不服らしい。

「おっかねぇ、とは、女子《おなご》の褒め言葉ではありませんよ。ほら、皆さん感心してるじゃありませんか。きっと、秋さんを尼様の芝居の参考にするつもりなんです」

返事はなかったが、秋山尼の背筋が心持ち伸びた。

まったく、秋さんは可愛らしい。

茜は、再び込み上げてきた温かな笑いをそっと呑《の》み込んだ。

通された楽屋は、小ぢんまりしていたけれど、宇三郎ひとりに与えられたもののようだ。

中では、宇三郎と森田座座頭、つまりお綱の伯父《おじ》が待ち構えていた。

狼狽えていた筈《はず》の宇三郎の目はすっかり据わっていて、座頭は茜と若い尼僧の秋山尼を見るなり、侮ったような薄笑いを浮かべた。

これは、早速、秋山尼さんを怒らせたな。

茜は、そっと心中で呟《つぶや》いた。

まずは宇三郎が、機先を制せ、とばかりに口を開いた。

「そちらさんへ行ったあたしの奥役が伝えた通りでごぜぇやすよ。お綱がすぐに戻ってくりゃあ、水に流してやる。そういうこった」

茜が秋山尼をちらりと見た。

秋山尼は、苛立《いらだ》ちと怒りを放ちながら、口を噤《つぐ》んでいる。

その静けさを、役者二人はどうとったのか。

座頭が、宇三郎に加勢をするように得々と語った。

役者とは、遊んでなんぼ、女を知ってなんぼなのだ。それこそが役に深みを持たせる。沢山の女を知ってこそ、色々な役を演じられる。宇三郎は、人気役者だ。その血を継ぐ者は多いほどいい。だから外に妾がいるのは仕方のないこと。それはお綱も承知の上で嫁いだはずだ。妾が生《な》した子が役者に向いているというのなら、亭主と共にそれを喜ぶのが女房の務め。なのにへそを曲げたお綱は女房の心構えが足りず、そのお綱を許してやろうという宇三郎は、なんと心の広いことか。

座頭に語らせるだけ語らせてから、秋山尼は小さく息を吐いて、茜に向かった。

「茜さん。この方たちは、私共が考えていたよりも更に、お馬鹿さんのようです」

茜は、思わず咽《むせ》かけたが、すんでのところで堪えた。

「秋山尼さん、それはいくらなんでも――」

「あら、違いますかしら」

　邪気のない調子で茜に言い返してから、秋山尼は「お馬鹿さん呼ばわり」に目を白黒させている男二人へ、向き直った。

「人形浄瑠璃《じょうるり》や芝居。女子に人気を博した恋物語のうち、平気で外に子を作りまくって、それを当たり前だ、甲斐性《かいしょう》だとふんぞり返っているお馬鹿さんが主役に据えられている出し物は、どれほどあるのでしょうね」

　役者二人が顔を見合わせる。

　びし、と指でも指しそうな勢いで、秋山尼は「いいですか」と、再び切り出した。

「めまいがするほど愚かな男との悲しい恋のお芝居を、女子が見て涙するのは、ひとつは女子のいじらしさ、もうひとつは男の一途《いちず》さゆえです。その一途な男を演じる当のお人がとんだ浮気者だなんて、まったく見事な興醒《きょうざ》めの種だこと。芝居の稽古《けいこ》や日々の精進ではなく、女遊びで役に深みが出る。一体役者とは、どんな気楽な生業《なりわい》なのですか。知らなければ演じられぬというならば、盗人《ぬすっと》はどうするのです。親殺し、子殺しの役もありますでしょう。それでは確かに仰《おっしゃ》る通り、いくら親御様、我が子がいても足りませんわね」

　宇三郎は、早くも目が泳ぎ始めている。生来は気の小さい男なのだろうと、茜は察した。

顔を赤黒く染めた座頭が、口を開いた。

「役者のなんたるかも分からない、女の分際で――」

「だまらっしゃい」

ぴしゃりと、秋山尼が座頭を遮った。少し声を落ち着け、

「まだ、話は終わっておりません」

と窘《たしな》めてから、続ける。

「それから、なんとおっしゃいましたかしら。ああ、そうそう。血を継ぐ子は多い程いい。まあ、確かにお家大事のお武家様、暖簾《のれん》を継いでいかなければならない大《おお》店《だな》なぞは、ご苦労が多いでしょう」

やんわりと認めてから、秋山尼はにっこりと笑った。

「かつて、御老中をお勤めになられた松平越中守《まつだいらえっちゅうのかみ》様は、御三卿《ごさんきょう》、田安《たやす》徳川様のお生まれであらしゃいました」

今日は、とんでもない大物を出してきた。

茜は、こっそり心中で呟き、秋山尼の言葉の先を待った。怒った秋山尼の話は、とびきり奇想天外で、とびきり面白いのだ。

「越中守様が、陸奥白河《むつしらかわ》へ婿様として入られたため、田安様は後継ぎを失くされ、他家から血の繋《つな》がらぬ御養子をお迎えになった。天下の御三卿様がそうなすったのです。なのに市井の者が『血を継ぐ』ことに躍起になるのはおこがましい。それを正しいことと言い放つのは、田安様を愚弄《ぐろう》するも同じ、そうは思いませんか」

茜は、笑いを堪えた。

いくらなんでも、無茶なこじつけ話だ。だがこのよくできた屁理屈《へりくつ》に立ち向かうのは、容易ではない。

座頭は、赤黒かった顔を青白く変えて、しどろもどろに言い返した。

「そそそ、それはそれ、これはこれ、だっ」

秋山尼が涼やかな顔で頷《うなず》く。

「そうですか。さすがは田安様を軽んじるお方。徳川宗家お声がかりの寺法をないがしろにし、水戸徳川の姫君でおわします院代様の呼び出しに、ただの使い走りで応《こた》えるだけあります」

座頭と宇三郎は、驚いた様子で顔を見合わせた。

「い、いいい、いま、何と言った。水戸徳川の姫君と――」

「東慶寺は荒れて久しい。寺法も、徳川宗家のお声がかりも、あって無きがごとし、だったんじゃあ——」

狼狽《うろた》え、次々に口走った役者二人を秋山尼は眺めて、茜に告げた。

「やっぱり、お馬鹿さんです」

茜は、再び秋山尼を、「それは言いっこなしです」と窘めた。

秋山尼が茜にむかってぺろりと舌を出してから、役者たちに向き直った。

「大切なお話ですから、もう一度教えて差し上げましょう。東慶寺の寺法も徳川様の後ろ盾も盤石です。寺を統べる院代様、法秀尼様は、水戸徳川様にお生まれのお方なのですから」

男二人が言葉を失っているところへ、ばたばたと、慌ただしい足音が近づいてきた。

「孝助さん、一大事だっ。また、また、鎌倉から飛脚が文を運んできた。間違いなく十日のうちに、町名主の儂《わし》とお綱さんの亭主の孝助さんは、呼び出しに応じるようにという、呼び出し状だ。加えて、水戸様からお叱りの文まで頂戴《ちょうだい》してしまったぞっ。畏《おそ》れ多くも徳川家の庇護《ひご》厚き東慶寺の、寺法にのっとった呼び出し状をないがしろにするとは、何事か、とっ。ああ、やっぱりお前さん方に任せておくのじゃなかった——」

秋山尼が、茜を見遣《みや》った。

仕上げをお願いします、という目だ。

がたがたと、震え出した宇三郎と座頭に、茜は静かに告げた。

「いかがです。すぐに呼び出しに応じていただけたら、松岡への度重なる非礼は、水に流してさしあげますが」

茜と秋山尼が戻ってから三日、紋付き袴姿《はかますがた》の三人の男――宇三郎と森田座座頭、そして町名主が松岡へやってきた。

本来なら、森田座座頭はお綱の身内として、お綱と共に「柏屋」逗留《とうりゅう》となるのだが、宇三郎、町名主と共に、「仙台屋」へ預けられた。

終始肩身が狭そうにしていた奥役は、お役御免を言い渡され、喜び勇んで江戸へ戻って行った。

宇三郎は、女房のお綱はどこにいるのか、お袖がどうしているかを訊《たず》ねたが、「決まりで教えられない」と仙台屋主《あるじ》に諭され、しぶしぶ引き下がったのだという。

話し合いの前に、宇三郎と座頭をそれぞれ役所へ呼び出し、話を聞いたところ、言葉は大層柔らかになったが、言い分自体は変わらなかった。それは、お綱に三行半《みくだりはん》を書くつもりはない。お袖や他の妾《めかけ》を手放すつもりもない。

お綱自身が嫁ぐ時に、承知していたはずだ、と。

そうして、互いに顔を突き合わせた吟味が執り行われることとなった。院代は顔を見せないが、この離縁の成り行きを気にしているから、役人は互いの話を事細かに耳に入れることになる。心して言葉を選ぶように。

吟味の前に、男三人は「仙台屋」の主に脅され、気の毒な程縮こまった。

そこまでの一部始終を、茜は法秀尼の命《めい》で見守った。

そして今は、男たちが吟味所へやってくるのを、法秀尼と共に内見所で待っている。

しばらくして姿を現した三人の男たちは、松岡へやってきた時と同じ紋付き袴姿。その動きは、出来の悪いからくり人形が三つ並んでいるようで、何やら笑いと同じくらい憐《あわ》れみを感じる姿だった。

吟味所で男たちを待っていたのは、喜平治ともう一人の若い役人、桂泉尼、秋山尼、それからお綱にお袖だ。

気が張っていて周りが見えていない様子だった男たちのうち、宇三郎が初めに我に返った。

落ち着き払った顔で、二人並んで居住まいを正しているお綱とお袖を見て、あんぐりと口を開ける。

「お前。お前たち、どうして、二人並んで座っている」

狼狽えた問いに、お綱とお袖は、姉妹の様な気心の知れた様子で、互いに微笑み合った。

宇三郎が喚《わめ》く。

「おいっ、お袖、こいつは一体、どういうことだっ」

＊

時は、お綱とお袖の話し合いまで遡《さかのぼ》る。

二人の話し合いに立ち会ったのは、喜平治と桂泉尼、それに茜の三人だ。

お綱に少し遅れて役所へ入ってきたお袖を見るなり、お綱がお袖に縋《すが》った。

「児太郎は。息子は、どうしていますか」

さすがのお綱も、我が子のこととなると慌てるらしい。

お袖は、やんわりとお綱の手を解いてから静かに告げた。

「元気でいらっしゃいますよ。私の息子の面倒を見てくれて、とても優しい坊ちゃまでございますね」

お綱は、目を潤ませてお袖に頭を下げた。児太郎の様子を聞き、ほっとしたようだ。

「恩に着ます。どうぞこの通り」

するとお袖が不意に、厳しい目になって、切り出した。

「お綱さん。今は宇三郎さんにお世話になっている女としてではなく、同じ子を持つ母として、言わせてください。おっ母《か》さんに置いて行かれ、児太郎坊ちゃまがどれほど悲しく心細い思いをなすったか、こちらへ入られてから、少しでもお考えになったことが、ございますか。一体なぜ、大切な息子さんを置き去りに出来たんです。お綱さんは、役者になれない息子さんならいらない。そうお考えですか」

かっと、お綱の頬に血の気が上った。

茜は勿論《もちろん》、その場に居合わせた皆が、お綱が厳しく言い返すのではと、身構えた。

お綱は、自分を落ち着けるように息を整えてから、お袖にしんみりと問い返した。

「只《ただ》のひと時も、児太郎のことが頭から離れることはなかった。あの子と一緒にここへくればよかったのだろうか。そう思いもしました。けれど――」

お綱は、言葉を続けようとしたが、ふとお袖を冷たい目で見遣ると、話を変えた。

「なぜ、あなたが児太郎の心配をするんです。児太郎を預かって下すったことは、お礼申し上げます。けれどきっと、あなたは喜んでもいるのでしょう。あなたの御子が宇三郎の跡を継ぐ。そうして私が宇三郎の許《もと》を去れば、晴れて夫婦《めおと》になれる。御子もあなたも、先行きが一気に明るくなる」

ふ、と、お袖の顔が歪《ゆが》んだ。まっすぐにお綱に据えられていた瞳《ひとみ》が、揺れる。

問いかけるように、「お袖さん」とお綱が名を呼んだ。

「困るんです。役者なんて」

ぽつりと落とされた答えに、お綱が目を丸くした。

「なんですって」

訊《き》き返され、お袖は覚悟を決めたように、再びお綱を見た。

「子が産まれても、役者にはしない。そういう約束で、私は宇三郎さんのお世話になることを決めたんですから。それなのに宇三郎さんは、勝手に稽古《けいこ》を付けたり、芝居小屋へ連れて行ったり」

「どうして」

お綱が、掠《かす》れた声で訊いた。お袖は、済まなそうな顔をして打ち明けた。

「実は宇三郎さんに見初められた時、ちゃんとした夫婦に、と言われたのですが、子が産まれても役者にはしないでほしいとお願いしたのです。そうしたら宇三郎さんは、『女房にはできないが、小料理屋をやらせてやるから、俺の女になれ』と。私は宇三郎さんのことが好きでしたし、一緒にいられる、好きな料理をしながら暮らせる、そんなことで舞い上がっていた。このまま、幸せな暮らしが続けばいいと、呑気《のんき》に願っていた。いずれ宇三郎さんに嫁がれるお内儀様が、私のことでどれほど傷つき、苦しまれるかなぞ、考えもしなかった」

お綱は、一度迷うように口ごもってから、ぽつりと告げた。

「私は、お袖さんのことを承知の上で、宇三郎に嫁いだんですから、気に病むことではありません」

お袖は、ふるふる、と首を横へ振って、続けた。

「お綱さんが宇三郎さんに嫁がれてから、宇三郎さんはいよいよ、その、私のような女を抱えていった。吉原へも足繁く通った。私は、それが辛《つら》かった。自分の勝手で女房にならなかった癖に、他の女の人のところへ行くあのひとを送り出すのが、苦しかった。勝手なものです。勝手なのは分かっていて、それでも自分の息子には、宇三郎さんのようにはなって欲しくなかった」

「それで、御子は役者にしたくないと」

お綱がしんみりと訊く。お袖は、ちらりと笑って答えた。

「宇三郎さんと知り合った時、あの人の周りには既に女の人が大勢いて、それが役者というものだと、言われましたから。それに坊やも、どうやら芝居や役者が苦手らしくて」

お袖は、寂し気な目をお綱から逸《そ》らした。

「宇三郎さんが、子が産まれても役者にしないでほしいという、私の願いを聞いてくれた時、それほど、私のことを大切に思ってくれているのだと、嬉《うれ》しかった。けれど、そうじゃなかった。いざとなったらどうとでもなる、あのひとはそう考えていた。『お袖との約束より、坊主の才の方が大事だ』と、何の屈託もなく告げられた時、ようやく気付きました」

お綱が、細く長い息を吐き出し、口を開いた。

「なぜ、児太郎を置いてきたのか、お袖さんは訊いたわね。それは、児太郎のためだから」

お綱は言った。

お綱の実家は、お綱の伯父《おじ》の森田座座頭に頭が上がらない。出戻りのお綱は普通の出戻りよりも、肩身の狭い思いをする。児太郎に同じ思いはさせたくない。宇三郎の許に残れば、役者にはなれなくても、ちゃんとした商家へ婿に出してくれるだろう、と。

桂泉尼が、そっと口を挟んだ。

「坊やと離れるのは、辛かったでしょうに。なのに、どうしてずっと辛抱していたものを、今になって離縁を望まれるのでしょう」

お綱が、穏やかな笑みを湛《たた》えた。遠い、何かを懐かしむ目になって、静かに語る。

「私も、お袖さんと同じように、宇三郎に惚《ほ》れておりました。児太郎をもうけた時は、本当にうれしかった。役者にするとかしないとか、考えもしなかった。ただ、宇三郎との子が愛《いと》おしく、大切だった。それがいつの間にか、児太郎に宇三郎の跡を継がせることが、私のすべてになっていました。その『すべて』を宇三郎と、お袖さん、あなたに奪われた」

お袖が、辛そうに俯《うつむ》いた。お綱がちらりと笑って続ける。

「お袖さんを責めているんじゃないのよ。でも、そうね、宇三郎から、自分の跡は児太郎ではなくあなたの子に継がせると聞かされた時、胸が痛んだ。感じたことのない痛みだった。これが本物の悋気《りんき》というものなのかもしれないと、思いました。嫁ぐ時に、お袖さんの話を聞かされた時も、吉原や他のひとの許へ行く支度を手伝わされる時も、感じたことはなかったけれど。だから、お袖さんに会い、宇三郎が世話をしている他のひとにも会いに行った。感じた痛みが悋気なのか、確かめたかったから。でもね、どうやら違っていました。だってねぇ、他の、お袖さんよりも若く綺麗《きれい》なひとを見ても、宇三郎との仲を当てつけの様に惚気《のろけ》られても、なんとも思わなかったんですよ。そうして気づいた。ああ、自分は宇三郎への恋心を失くしてしまったのだ。こんな歳になって何を娘のようなことを言っているのだと、お思いでしょうね。けれど、ただひとつきりだと信じ込んでいた自分の望みを宇三郎に砕かれた時、思い知ったんです。自分の望みは、児太郎が役者になることだけじゃなかった。ずっと、宇三郎に恋をしていたかったのだ、と。それさえも、気づいた時にはとうに失くしていた。もう、私が宇三郎の側にいる理由《わけ》はなくなってしまった」

淡々と語るお綱の手を、そっとお袖が取った。驚いた顔で、お綱がお袖を見遣《みや》る。

お袖は、微《かす》かに声を湿らせてお綱に語りかけた。

「同じです。私も。あのひとが、こちらが笑ってしまうくらい軽やかに、私との約束を反古《ほご》にした時、ふうっと、自分の恋心が霞《かすみ》のように薄れ、消えていくのが分かりました。世間様では、よく言いますでしょ。惚れ合って添った男と女でも、いつまでも出逢《であ》った時のまま、惚れ合っている訳じゃない。長い時を共に過ごすうちに、隣にいることが当たり前な、別の想いに変わっていくものだ、と。その『当たり前』が、恋心よりももっと大切な、得難いものなのだ、と。でも、変わったのは私だけ。あのひとは、出逢った時、出会った場所から一寸《ちょっと》も動いてくれなかった。爪の先まで、芝居に夢中な役者のまま。私の『いいひと』として、共に時を掛けて変わってくれたところは、爪の先ほどもありはしなかったんです」

お綱とお袖は、手を取り合ったまま、くすくすと笑い合った。

「あのひとのことを、こんな風に誰かに話したのは、初めてです」

と、お袖が清々《すがすが》しい声で呟《つぶや》けば、お綱も頷《うなず》き、

「私も。自分が、こんなにおしゃべりな女だとは、知らなかったわ」

「ちょ、ちょっと待った」

喜平治が、得心が行かないという顔で女二人に割って入った。

「お綱さん。お前さん、その、お袖さんの坊ちゃんを縊《くび》り殺しそうだから、東慶寺《とうけいじ》へ来た。そうおっしゃったはずだが」

お綱は、ほんの短い間、目を丸くして何かを思い出すように喜平治を見た。それから、思い出した、という風ににっこり笑って、答えた。

「あれは、方便です。お役人様にあれくらい言っておかなければ、宇三郎にも私の本気が伝わらないと思ったものですから。どうぞ、堪忍してくださいまし。勿論《もちろん》、お袖さんの御子をどうこうしようなんて、ほんの少しも考えたことはございません」

まあ、そんなことを。

ええ、すっかり忘れていたけれど。

そんな風に言い合って、お綱とお袖は、楽し気にしている。

桂泉尼が、溜息《ためいき》混じりで呟いた。

「東慶寺の役所で一番人を見る目がある喜平治さんが、まんまと騙《だま》されるなんて。さすが役者のお血筋、とでも申しましょうか」

喜平治は、瞬く間に仲良くなってしまった女房と妾《めかけ》を、あっけにとられた顔で見比べている。

茜が、そろりと女二人に声を掛けた。

「つまりは、お二人とも宇三郎さんに愛想が尽きた、ということでよろしいのでしょうか」

お綱とお紬は、仲の良い姉妹のように、揃いの間合いで頷いてから、また二人で楽し気に笑い合った。

＊

お綱が、穏やかな笑み混じりで言った。

「それから、お紬さんとは沢山、お前様の思い出話をしました。お前様へ嫁いでから一番、心が浮き立つ、楽しいひと時でございました」

お紬もまた、柔らかな笑みを浮かべて頷く。

女二人の涼し気な様子に対して、亭主の様子が物騒になり始めている。

「茜」

法秀尼の呼びかけに応じ、茜は内見所を後にした。

青ざめた顔で、拳《こぶし》をきつく握りしめ、宇三郎が喚《わめ》いた。

「思い出話だと。なに、を、ふざけたことを――」

怒りに任せて、勢いよく立ち上がった宇三郎を、桂泉尼が厳しい目で咎《とが》める。

「お座りなされ」

「やかましいっ。口出しは無用だっ」

喚きながら、宇三郎が、お綱とお袖に迫ろうとした。

桂泉尼が立ち上がって女二人を背に庇《かば》う。

そこまで見定めて、茜は宇三郎の後ろに回った。

その手を取り後ろに回して、捻《ひね》り上げる。

「うわ」

宇三郎が慌てた声を上げた。

力の加減はしてある。大して痛みはない筈《はず》だ。

茜は、ひんやりと、宇三郎の耳元で囁《ささや》いた。

「尼様が、座るようにお命じです」

途端に、がたがたと宇三郎が震え出した。怯《おび》えた目で、茜へ振り返る。

秋山尼が、唇に指を添え、楽し気な笑みを形ばかり隠している。

茜が、宇三郎の肩をゆっくりと押すと、宇三郎は大人しく座り直した。

また妙な真似をしてはいけない。茜は宇三郎のすぐ側へ腰を下ろしたが、桂泉尼
にやんわりと窘《たしな》められた。

「茜さんがそこにいらっしゃったら、殿方は皆、怯えて話もできませんよ」

桂泉尼に視線で示され、宇三郎に付いてきた町名主と座頭を見遣ると、肩を窄《すぼ》めて、ひたすら茜の視線を避けるように、小さくなっている。

そんなに脅した覚えはないんだけれど。

出かかったぼやきを吞《の》み込み、茜は桂泉尼の隣へ移った。

ほっとしたように、宇三郎が肩の力を抜いた。ちらりと茜を覗《うかが》った後、時折声をひっくり返しながらも、お綱に向けて言い放った。

「女房に、縁切寺に駆け込まれたなんぞとみっともない噂が立っては、『澤井宇三郎』の名に傷が付く。離縁なぞ、誰がしてやるものか。すぐに戻ってこい。戻ってこなければ、児太郎の養子の話もなしにするぞ」

お綱は、刹那《せつな》顔色を変えたが、お袖に手を握られ、意を決したように頷いた。

お綱の代わり、とばかりに、お袖が冷ややかに告げた。

「どこまで、見下げたお人なのでしょう。こんなお人に、惚《ほ》れていた自分が悔しくてなりません」

宇三郎が、見知らぬ女を見るような目で、お袖を見つめた。

「口ごたえひとつしなかった、お前が、どうして――」

掠《かす》れた声の宇三郎の問いを、お袖は綺麗《きれい》に聞き流し、柔らかな声で告げた。

「どうかもう、これ以上私たちを、がっかりさせないでくださいまし。お綱さんはすっかり、覚悟を決めておいでです。たとえ誰が助けてくださらなくとも、母子二人で生きて行く、と」

まだ、茫然《ぼうぜん》とお袖を見ている宇三郎に、秋山尼が容赦なく切り出した。

「では、離縁に関する話をさせて頂きます。お綱さんの望みは、ひとつ、三行半《みくだりはん》をご亭主から頂くこと。ひとつ、息子さんは、お綱さんが引き取ること。ひとつ、輿《こし》入《い》れの時に持参した金子《きんす》、着物、道具類はすべて返して頂きたい。ひとつ、ご亭主に与えられたものはなにひとつ要らない。いかがです」

宇三郎が、視線を泳がせ、閊《つか》えながら言い返す。

「い、い、いかがも何も、離縁を承知なんぞ、しちゃいないっ」

「では、内済離縁が整わぬのみ。お綱さんの決心は変わらないとのことですので、二十と四月《よつき》、東慶寺で過ごして頂いた後に、寺法離縁となります」

「じほう、りえん」

たどたどしく繰り返した宇三郎に、秋山尼はずい、と詰め寄って言い放った。

「お前様の三行半なぞ、要らぬということです。どちらにしろ離縁という、役者にとってみっともないことになるのですから、寺法離縁が元で『宇三郎は愛想をつかされた女房に未練たらたらで、相当ごねたらしい』なぞという噂が立つよりは、すっきりと三行半を書かれた方がよいのではありませんか。それから、東慶寺の役所は、お綱さんの望みは、どれもすべて筋が通っているものと受け取りました。離縁が整った際には、取り決めは必ず果たしていただきます。見届け人は町名主殿。ご承知かとは思いますが、院代様のお名で証文を交わしますので、取り決めを反古《ほご》にすると、咎めを受けることになりますよ」

急に矛先を向けられ、町名主がぴょこん、と背筋を伸ばした。

宇三郎が、まだ諦《あきら》めきれないという様子で、お綱に訴えた。

「お綱、お前、本当にそれでいいのか。児太郎の商家への養子話はなくなるんだぞ。実家へ出戻っても、親子二人で肩身の狭い思いをするんだぞ。伯父御《おじご》は儂《わし》の味方だからな。ねぇ、座頭」

宇三郎の呼び掛けに、けれど座頭は答えなかった。

「座頭」

狼狽《うろた》えて、宇三郎が問う。

座頭は渋い顔で黙したままだ。

秋山尼が、勝ち誇った顔で胸を張った。

「児太郎ちゃんの心配は無用です。中村座きっての人気女形《おやま》、佐山《さやま》あずささんが、児太郎ちゃんを引き受けて下さるそうです」

え、と驚きの声を上げたのは、お綱だった。

お袖が弾んだ声で、お綱を呼び、その手を握る。

「本当に。けれど、どうして」

震える声で、お綱が呟《つぶや》いた。秋山尼に目で促され、茜が話を引き取った。宇三郎に向かって事の次第を伝える。

「お前様を訪ねる前に、中村座の佐山あずささんを訪ねました。お二人の御子の様子を聞きたかったので。あずささんは無類の子供好きで、二人とものびのびと、楽しく過ごしているというお話でした。児太郎さんは、早速女形の稽古《けいこ》をつけて貰《もら》っているそうですよ。大した才だ、自分の跡取りにすると、あずささんは大層乗り気でいらっしゃいました。そうそう、お袖さんの勝吉《かつきち》坊は、芝居の何もかもが苦手だそうで。白塗りの顔を一目見せただけで、大泣きされて大変だったと、あずささんは苦笑いされていましたね。そしてこうもおっしゃっていました。四歳の幼子とはいえ、あの怯えようは、役者に向いているとは思えない。児太郎さんのことは、中村座の座頭から、森田座の座頭には話を通しておくとおっしゃっていましたが、お聞きになっておいでですか」

茜に静かに問われ、座頭はしぶしぶと、宇三郎に声を掛けた。

「中村座の座頭に筋を通され、頭を下げられては、こちらも『よろしく』としか言えねぇ。もう、諦めろ」

味方で固めた筈の周りに見放され、宇三郎は大人しく三行半を書いた。

お袖も、宇三郎とは縁を切るそうだ。

小料理屋はくれてやる。天下の澤井宇三郎が吝嗇《けち》だと評判が立っては、堪《たま》らんからな。

そう、お袖に強がった宇三郎の背中は、一回り小さくなったようで、茜たちの哀れを誘った。

今頃、桂泉尼と秋山尼は、役所の内見所で、「柏屋」の饅頭《まんじゅう》を片手に、喜平治や梅次郎と此度《こたび》の離縁騒ぎの話をしているだろう。

ふと、離縁の証文から目を上げ、法秀尼が茜に声を掛けた。

「秋や桂は、お綱の息子が役者になるのを楽しみにしているようですね。初舞台を見に行けたら、と話していた」

「尼様が、芝居見物でございますか」

茜がそろりと確かめると、法秀尼が涼しい顔で応じた。

「この寺に縁あった者の行く末を確かめるのだから、構わぬ。その時は、茜が連れて行っておやり」

「さぞ、賑《にぎ》やかな江戸行きになりますでしょう」

「楽しそうで、よいではないか」

芝居見物に浮き立つ桂泉尼と秋山尼、ちゃっかりついてきた梅次郎。そんな姿が目に浮かぶ。

法秀尼も同じことを思い浮かべていたのかもしれない。

二人は目を見交わして、そっと笑い合った。

駆込ノ二

慌ただしい足音に気づき、茜はそっと広縁へ視線をやった。

東慶寺塔頭《たっちゅう》、蔭涼軒主《あるじ》の居間から望む庭では、水気を微《かす》かに含んだ、瑞々《みずみず》しい風が緑の枝を揺らしている。

木漏れ日の模様が動き、葉擦れの音が軽やかに鳴る。

梅雨の晴れ間の青空が広がる、気持ちのいい昼下がりのことだ。

駆け込みの顚末《てんまつ》をまとめた文書に目を通していた法秀尼と、法秀尼に茶を出していた、控えめで大人しい豊鈴尼《ほうりんに》が、顔を上げた。

「この足音は、秋さんですね」

茜の言葉に、法秀尼が笑った。

「元気のよいこと」

尼様の元気のよさが、果たしていいことなのか、あまり感心しないことなのか、人や寺によって取り方は異なるところだろう。だが、少なくとも東慶寺当代院代、法秀尼にとっては、とても好ましいということを、茜は承知している。

豊鈴尼が、法秀尼につられるように笑ってから、頭を下げ居間を辞した。途中ですれ違ったのか、秋山尼のはきはきとした挨拶《あいさつ》だけが聞こえ、続いてあっという間に近づいてきた足音は、そのままの勢いで、部屋の前の広縁へ辿《たど》り着いた。

甕覗《かめのぞき》の尼僧頭巾《ずきん》に墨染めの衣、そばかす顔の小柄な尼僧は、寺の者の間では剃髪《ていはつ》前の名、秋で呼ばれている。

広縁で居住まいを正すと、秋山尼は法秀尼に向かって平伏した。

「院代様」

法秀尼がおっとりと訊《たず》ねる。

「随分慌てて、どうしました」

「駆け込みにございます。茜さんにご足労頂けませんでしょうか」

東慶寺は、公儀から許された縁切寺だ。女から離縁ができるただひとつの方策が、縁切寺に駆け込むこと。

だが、此度はただの駆け込みとは違うようだ。

法秀尼と茜は、顔を見合わせた。法秀尼が小さく頷《うなず》く。

茜は法秀尼に向かって頭《こうべ》を垂れ、立ち上がった。秋山尼の声を聞きつけてやってきた桂泉尼へ「院代様を頼みます」と告げ、茜は秋山尼と共に中門へ向かった。

「どうしました」

急ぎながら訊ねた茜に、秋山尼は戸惑った面を向けた。

「それが、その、様子が妙なのです」

「妙、とは」

「何と言いますか、駆け込もうとしている女子《おなご》、本当は駆け込みを望んでいないのではないか、と」

茜は、ふと足を止めて秋山尼を見た。

実のところ、それは決して珍しい話ではない。

亭主と派手な喧嘩《けんか》をし、勢いで出てきた女子。

子が出来ないことを苦にして、自ら身を引こうとする女房。

そういう駆け込み女は、じっくりと話を聞き、亭主を呼び出して話をさせれば、大抵は元の鞘《さや》に収まる。

東慶寺は、駆け込めば必ず離縁をしなければならない寺ではない。

駆け込んだ女子にとって、一番いいように。それが東慶寺の目指すところなのだ。

秋山尼が困り切った顔になってから、ふいに茜の背中を押し、癇癪《かんしゃく》を起こした風でまくし立てた。

「ともかく、中門へお急ぎください。見て頂ければ、分かりますからっ」

表御門から数歩入ったところで、女が立ち止まっている。二十歳になるかならぬかだろうか、まだ若い。

門番が、

「お前さん、本当にいいのかい」

と、宥《なだ》めるように女に訊ねている。

表御門を遠巻きにして、男が三人、女がひとり。皆、四十絡みの町人だ。苛立《いらだ》った様子で、表御門の近くから動こうとしない女を見つめている。

じれたように、一人の男が若い女に声を掛けた。

「お里《さと》さん。お前さんの思う通りにしていいんだよ」

優しい台詞《せりふ》とは裏腹に、声音は脅しの色をあからさまに孕《はら》んでいる。

びくりと、若い女――お里の肩が震えた。

女が、お里を猫なで声で促す。

「もう、辛抱なんぞしなくていいんですよ。お前さんはこれまで、あの窮屈な家で辛抱したんですから」

とってつけたような言葉は、お里へ向けているというよりも、むしろ茜たち、東慶寺の者に向かって言い訳をしている風に響いた。

お里が、中門を見上げた。

円《つぶ》らな瞳《ひとみ》から、ぽろぽろと、大粒の涙が零《こぼ》れている。

中門に立つ茜と秋山尼の近く、石段を五、六段ほど下がったところへ、梅次郎がやってきた。

「何やら、きな臭《くせ》ぇな」

梅次郎の呟《つぶや》きを押し退《の》けるように、別の男が、

「さあ、お里さん」

と、促した。かなりじれた声だ。

茜は、石段の中ほどまで駆け下り、表御門を遠巻きにしている四人へ鋭い視線を向けた。

四人は、狼狽《うろた》え、怯《おび》えた風で茜から目を逸《そ》らし、口を噤《つぐ》んだ。

茜に続いて石段を下りてきた秋山尼が、厳しい声を発した。

「お前様方は――」

「秋さん」

茜は、静かに秋山尼を遮った。

おどおどとこちらを覗《うかが》っている四人に視線を据えたまま、泣いている女へ、声を張って語りかける。きな臭い男女にも聞こえるように。

「お里さんと、おっしゃいますか。東慶寺は、苦しんでいる女子の為にある寺です。お前様が、本当に離縁を望むなら、この寺の門は、いつでもお前様に向けて開いています。そして、何人《なんぴと》たりとも、お前さんに駆け込みを無理強いすることは、許されません」

四人は、そそくさと、茜の視線から逃れるように、あらぬ方を向いたり、数歩、歩いたりした。だが、東慶寺から離れる様子はない。

「わたし。わたし――」

お里が涙声で、茜に訴えた。

唇が、確かに「たすけて」という形に、動いた。

「本当に、構わないんだね」

遠巻きにしていたひとりが、ひんやりとした声で、お里に確かめた。

お里が、俯《うつむ》いた。

ぎゅっと、自らの掌《てのひら》を、握りしめる。

次の刹那《せつな》、お里は一気に駆け出した。

中門へ向かって。

中門の内へ一歩足を踏み入れれば、もしくは、簪《かんざし》や草履、身に着けたものがひとつでも入れれば、駆け込みが成されたことになる。

茜は、傍らを駆け抜けて行くお里の腕を摑《つか》もうとした。

「待った」

鋭い声で、梅次郎に窘《たしな》められ、手を引いた。

東慶寺の者が、自らの足で駆け込もうとする者を遮ってはいけない。

「しかしっ」

茜は、もどかしさのまま梅次郎へ嚙《か》みついた。

お里は、遠巻きにしている連中に脅されて、駆け込みを無理強いされている。

分かっている、というように、梅次郎は茜に頷いた。

低い声、早口で囁《ささや》く。

「このままお里さんを遮っても、何やら企《たくら》んでるあいつらにそのまんま渡すことになる。それじゃあおんなじことの繰り返し、お里さんは救われねぇ。いや、もしかしたら駆け込めなかったことで、酷《ひで》ぇ目に遭わされるかも。姐《ねえ》さん、ここは一旦《いったん》駆け込ませて、寺が絡んだ方がいい」

茜が石段を見上げると、中門の内に、崩れるように座り込んでいるお里を、秋山尼が介抱していた。労《いた》わるように、守るように、風が二人の周りを巻いて過ぎてゆく。

剣呑《けんのん》な駆け込みを、表御門から離れたところで見届けた四人の薄笑いが、茜の癇に障った。

お里は、「柏屋」へ預けられることになった。

お里の駆け込みを嗾《けしか》けていた親族らしい男女が、気がかりだったからだ。三軒ある御用宿で、駆け込み女や呼び出した者たちの接し方には差はない。どこも丁寧で温かい一方で、寺法に背くような真似をする客は、しっかりと窘めてくれる。

ただ、厄介事を抱えた女を預けるのは、やはり「柏屋」が安心だ。主《あるじ》の好兵衛と女房のおりきの、逗留客《とうりゅう》への目配りの細やかさ、「窘める」だけでは済まない事が起きた時に、丸く収める手際の良さ、機転は、大したものなのだ。

案の定、その日の夜遅く、好兵衛が寺の役所を訪ねてきた。

寺役人で一番の古株、喜平治から呼び出され、茜は桂泉尼と共に、表御門と中門の間にある寺役所へ出向いた。

「夜分に、申し訳ございません。尼様、茜様」

二人を見るなり、好兵衛は丁寧に頭を下げた。

柏屋好兵衛は、四十半ばの大男だ。いかついと言ったらいいだろうか。肩幅も手足も、がっちり、という風情で頼もしい。いかにも腕に覚えがありそうな、武骨な見た目に反して、どんな時でも腰が低く、商いの才が際立っている。

太い眉《まゆ》に円らな瞳、思わず笑いを誘う顔だちをしているのだが、その眉が、今は難しそうに顰《ひそ》められている。

「何かありましたか」

桂泉尼が、訊《たず》ねた。

「ええ、ありましたとも」

と、好兵衛が応じる。

「何食わぬ顔をして、饅頭《まんじゅう》を買いに来た連中がいましてね。ついでに、泊めて貰《もら》えないか、とこうきたもんだ。いえ、無論、お泊まり頂くことはかまいませんよ。駆け込みに関わる方々とは、念入りに顔を合わせないように差配しておりますから。ただねぇ、どうにもきな臭い連中でしたので、『仙台屋』さんをご案内させて頂いたんです。ところが、うちじゃなきゃあ、駄目だっておっしゃるもんで。その目つきがどうにもいやらしくて、こいつは妙だって踏んだわけでして」

役所で聞き出した駆け込み女の素性や経緯《いきさつ》は、女子《おなご》を宿に預ける折に、主へ細かく伝えることになっているから、お里が駆け込んだ折のひと騒動も、好兵衛は承知だ。

この客は、表門前でお里の駆け込みを見張っていたという、親類らしい連中で、お里が寺役所から「柏屋」へ移されたのを盗み見ていて、やってきたのではないか。あたりをつけた好兵衛は、客を少し待たせ、まずは「柏屋」の奉公人たちに、その騒動を目にしたか訊《き》いた。表門で騒ぎがあったのは耳にしたが、見てはいないと言う。

そこで、急ぎ「松本屋」を訪ねた。

「松本屋」は、東慶寺表御門に面した街道を隔てた向かいにある。案の定、店の前の掃除をしていた小僧が、一部始終を見届けていた。

その小僧に「柏屋」まで来てもらい、妙な客の人相をこっそり確かめて貰ったところ、確かに、お里の駆け込みを嗾けていた連中だということが、知れた。

さて、寺法を盾に追い出しても構わないが、饅頭もたっぷり買ってもらったし、無下にするのも気が引ける。騒ぎになれば、奥で休んでいるお里の耳に入って怯《おび》えさせるかもしれない。下手に追い払って、何か企まれても面倒だ。

好兵衛は、素知らぬ顔で「松本屋」を薦めた。

面白いものを見物するなら、表門向かいの「松本屋」の方がいい。運が良ければ、駆け込み女が役所と宿を行き来する様が見られるから、今何が起きているのか分かりやすい、と。

好兵衛としては、表門の門番や寺役人が、この親類たちを見張りやすいように、という腹があった。だから敢《あ》えて「今何が起きているか、分かりやすい」という、親類たちが求めている言葉を言い添えたのだ。

案の定、親類たちはその一言にあっさり飛びついた。

無理矢理駆け込ませたお里が東慶寺から逃げ出すかもしれないと、危ぶんでいるのだろう。寺と宿を行き来するところを見張れば、様子も分かる。

喜平治が、先を引き取った。

「だったらいっそのこと『松本屋』さんに足止めしちまえってぇことになりやして
ね。宿から出たくねぇと思うように歓待して、それでも宿を出ようとしたら、こっ
ちの役人たちで、お里さんが寺から逃げ出そうとしてるってぇ出鱈目《でたらめ》をそれとなく
耳に入れてでも、釘付《くぎづ》けにしようってぇ算段になっておりやす。妙な動きをされて、
こっちのお調べやら、話し合いやらを引っ掻《か》き回されちゃあたまらねぇ」
ふう、と好兵衛が、いささかうんざりした溜息《ためいき》を吐く。
「そんな訳でございまして、あの連中は『松本屋』さんへお頼みした訳でございま
すが、さて、どうにも胡散臭《うさんくさ》い連中のような気がします」
「好兵衛さんも、そうお感じになりましたか」
茜の問いに、好兵衛は大きく三度、頷《うなず》いた。
「ええ、そりゃあ、もう。黄金が好物、大店《おおだな》が好物、そんな目をしておりましたよ」
茜は、寺役人の喜平治に訊ねた。
「お里さんの詳しい身の上は」
喜平治が、好兵衛と似たような渋い顔で、「へぇ」と頷いた。
「日本橋《にほんばし》は十軒店《じっけんだな》近く、岩附町《いわつきちょう》の呉服問屋『江上屋《えがみや》』の御内儀だそうで」
桂泉尼が、目を丸くした。

「まあ、あの『江上屋』さんの」

「とんだ、大物でさ」

と、喜平治が応じる。

江戸界隈《かいわい》の女子なら、知らない者はいない。鎌倉の尼寺にも、その名が知れている大店だ。

女子の心を摑《つか》むのが上手《うま》く、「近頃の流行《はや》りは『芝居町』と『岩附町』から始まる」と言われるほど、「江上屋」が扱う着物の柄や小物は、評判を取っているのだ。

流行りの渋い色目の中に、うさぎや猫、可愛いものをちらりとあしらった帯や、組み紐《ひも》を結ってつくった簪《かんざし》など、一風変わった品も取り揃えていて、他人《ひと》とは少し異なるものが欲しい、という女たちにも贔屓《ひいき》が多いという。

好兵衛が身を乗り出した。

「商い上手の噂は、手前も聞いております」

江戸で羽振りのいい呉服問屋の噂で盛り上がりそうな話の筋を、茜は早速戻した。

「喜平治さん。お里さんから、何か訊き出せましたか。あの連中は何者なのか」

駆け込み女から根気よく話を聞き出す名人は、渋い顔のまま、答えた。

「窮屈な大店暮らしが、厭《いや》になった、の一点張りでさ」

「『江上屋』の御内儀にしては、随分と若い気がしますが。あの様子では、二十歳に届いていないでしょう。だとすると、主《あるじ》とは十と五、六は歳が離れているはずだ」

茜の言葉を、好兵衛が聞き咎《とが》めた。

「おや、『江上屋』さんをご存じで」

茜の頭には、江戸の目ぼしい金持ちの名と顔、歳、人となりが仕舞われている。かつての生業の役に立つことだったから。

茜は、さりげなく取り繕った。

「院代様のお使いで江戸へ行った折に、『江上屋』の前を通りかかりました。その折に主らしきお人を見かけたんです」

好兵衛は、感心したように唸《うな》った。

「『江上屋』の主は、三十四、五ってぇことですか。亭主も大店の主としては随分若いのに、商才豊かとは、まったくうらやましい」

喜平治が、商いのこととなると目の色を変える好兵衛へ、こっそり苦笑いを向けてから、茜の問いに答えた。

「一年前、前《さき》の御内儀が病で亡くなり、後妻《のちぞえ》に入ったんですよ。歳は茜さんの見立て通り、十九。元は、奥向きで前《さき》の御内儀に付いていた女中だったのを、主に見初められたそうで」

桂泉尼が呟《つぶや》いた。

「あの親類たちは、女中上がりの御内儀が、気に食わない。そういうことでしょうか」

「ううん、それは、どうでしょうね」

好兵衛が、首を傾げた。

「ありゃ、体面がどうの、人の噂がどうの、っていうような、執着じゃありませんよ、桂泉尼様。多分、お里さんを追い出すことで、旨味《うまみ》を得ようって腹だ」

「『江上屋』に、御子は」

茜の問いに、喜平治が、得たり、という顔で答えた。

「いないそうです」

好兵衛が話を引き取る。

「つまりでございますね、茜様、桂泉尼様。お里さんの駆け込みには、身代乗っ取りが絡んでいるんじゃあないかってのが、手前と喜平治さんの考えでございまして」

主には子がない。主が後妻にと選んだのは、まだ娘気分が抜けきらない、十九の女中だ。

今なら追い出して、自分たちの息のかかった女を内儀に据えられる。その女が男《お》子《こ》をもうければ、その子が後継ぎ、「江上屋」の大きな身代も儲《もう》けも、自分たちの思いのまま。

あの親類たちは、そう考えたという訳か。

桂泉尼が、茜を見た。

「随分、きな臭い話になってきましたね。わたくしよりも、秋さんに来て頂いた方が良かったかしら」

茜が、「いや」と首を振ったのと、好兵衛の「とんでもないっ」が、重なった。

「手前と喜平治さんが、そう察したってだけで、まだはっきりしちゃあいません。今、あの秋山尼様のお耳に入れて、『松本屋』へ怒鳴り込まれたら、一大事でございますよ」

秋山尼は、怒りっぽい訳でも、乱暴者な訳でもない。好兵衛の物言いは少し大袈《おおげ》裟《さ》で、決して、怒りに任せて御用宿へ勝手に乗り込むような無分別者でもない。

算術が得手、入り組んだ話を解きほぐすのが好き、敏《さと》いけれど、まだ俗世のあれこれが抜けきらない、可愛らしい尼様だ。

それでも、秋山尼の名を出した桂泉尼も含め、皆一斉に苦笑いをかみ殺しながら、大きく頷いた。

秋山尼は、かつて東慶寺へ駆け込んできた女子《おなご》で、なんとか内済離縁が整ったものの、亭主とその身内がごね、かなり揉《も》めたと聞いている。東慶寺へ駆け込むまで、嫁ぎ先では苦労したらしい。

だからだろうか、駆け込み女への思い入れが、つい強くなる。とりわけ、虐げられてきた女子には、ひと方ならぬ情を傾けるのだ。

そうして、秋山尼は物言いに容赦がない。頭の巡りが速い分、時に、相手が気の毒になるような言葉の選び方をする。

好兵衛が、ううむ、と唸った。

「手前としましては、あの目つきの悪いお人たちが、秋山尼様にぐうの音も出ない程やり込められる様は、是非見物したいところではございますが。それは、今少し、物事がはっきり見えてからの方が、よろしいでしょう」

桂泉尼が、苦い溜息《ためいき》を吐いた。

「秋さんは、どうしましょうね。黙っている訳にもいきませんし、かと言って、下手に伝えれば、秋さんの頭《つむり》に血が上ってしまいますし」

茜は、微笑んで答えた。

「そこは、桂さんが、巧《うま》い匙《さじ》加減でお伝えくだされば」

桂泉尼は、少し恨めし気な目で茜を見てから、肩を落とした。

「やはり、そう来ると思いました」

茜は、笑いながら「お願いします」と告げ、笑みを収めた。

「喜平治さん、知らせの文は、どうなっていますか」

東慶寺では、駆け込みがあったことを、飛脚の文で亭主や女の実家、町名主に知らせる。取り急ぎ、松岡へ呼び出すのだ。

「へぇ。ちょいときな臭いもんで、早い方がいい。飛脚たちに一斉に散って貰《もら》おうと思ってやしたが、お里さんは身寄りがねぇそうで。となると、『江上屋』と町名主だけですから、梅次郎に纏《まと》めて行って貰いやす。明日、明け六つに出立することになってやす」

そうですか、と応じ、茜は考え込んだ。


明け方。

松岡には、ひんやりとした霧雨が降りしきっていた。

風が吹くたびに、細かな雨粒は下から舞い上がり、横から吹き付ける。

茜は、一度ちらりと薄暗い鉛色の空を見上げてから、笠《かさ》を目深に被《かぶ》り直し、先を急いだ。

お里の駆け込みの経緯《いきさつ》で、茜が気になったのは、お里の亭主――「江上屋」主だ。名は、修右衛門《しゅうえもん》。肝心の亭主は、お里のことをどう思っているのか。そもそも、なぜ、どういった経緯でお里を後妻に迎えたのか。

それによって、お里の幸せがどこにあるのか、違ってくる。お里が「離縁したい」と言い張り、本当のところを打ち明けてくれない以上、夫婦《めおと》のもうひとりに訊《たず》ねるしかない。

茜が切り出すと、法秀尼はすぐさま茜に、江戸へ向かうよう指図をした。

一方で、少し気づかわしげな顔で釘《くぎ》を刺された。大店の身代のっとりが関わっているとなると、危ないこともあるかもしれぬ。くれぐれも無茶はしないように、と。

だが、梅次郎と共に「江上屋」へ向かうつもりだと伝えた途端、法秀尼は目に見えてほっとした様子になった。

茜としては、自分の女房が東慶寺へ駆け込んだという知らせを受け取った時、修右衛門がどんな顔をするのか確かめておきたかったから、そう告げたのだ。

けれど法秀尼は、笑いながら言ったのだ。

梅次郎は腕も立つから、安心だ、と。

こういう扱いを受けるたびに、茜は居心地の悪さを覚える。

法秀尼は、茜の警固としての腕に絶大な信を置く一方で、まるで茜を「普通の女子」と同じように案じる。「普通の女子」からは程遠い育ち方をし、大抵の男に後れを取ることはないというのに。

ぎこちない笑みで法秀尼に応じるのが、茜にはやっとだった。

ともかく、お里を喜平治、好兵衛、桂泉尼に任せ、茜は東慶寺を離れることになった。

梅次郎にも、伝えてあったはずだ。

足手まといにならないよう、短い野袴《のばかま》に股引《ももひき》、脚絆《きゃはん》という、万全の旅支度をし、出立の明け六つに合わせて役所まで出向いたのに、梅次郎はとうに出立したという。

あいつ、わざと先に行ったな。

茜は、小さな舌打ちをひとつ、勢いをつけて駆け出した。

江戸への道をたどり始めてすぐに、先を行く飛脚の背中を捉《とら》えた。

雨除《よ》けの笠に、肩には飛脚箱。小袖《こそで》はもろ肌を脱いで裾《すそ》を腰で端折《はしょ》り、藍《あい》の腹当て藍の股引。いつもの梅次郎の飛脚姿だ。

茜は、足取りを速め、一気に追いついた。

並びかけると、梅次郎が目を丸くして、茜を見た。

「こいつは魂消《たまげ》た。姐《ねえ》さん、やっぱり足が速《はえ》ぇなあ。足音もしねぇし、息も切れちゃあいねぇ」

茜が梅次郎に追いつくさまを見たくて、先に出立した癖に。

茜は、出かかった不平を呑《の》み込んだ。

梅次郎も、東慶寺の仲間も、茜について、剣の腕だけでなく、足の速さや気配を消して忍ぶ技など、大概のことを承知だ。

怪しいことこの上ない女を、何も訊《き》かずに受け入れてくれるのは、有難かった。

梅次郎は、時々こうして、悪戯《いたずら》をしかけて来るけれど。

だから茜は、

「松岡へ来る前は、飛脚をしていたんだ」

と、ふざけてみた。

ぷう、と梅次郎が噴き出す。

「姐さんの娘飛脚姿かあ。見てみたかったなあ」

そうして、笑みに意地悪な色合いを混ぜ、梅次郎は訊いた。

「ところで、このまんま江戸まで一緒に走るつもりかい。飛脚と、男姿の器量よしな女子が」

「おかしいか」

茜は、ふと心許《こころもと》なくなって訊ねた。

げらげらと、梅次郎は笑った。こんなに大笑いをしても息も足取りも乱さない梅次郎こそ、大したものだ。

「止《よ》した方がいいと思うぜ。飛脚の足に負けねぇ女子ってぇ、見世物商いをするつもりなら、止《と》めねぇけどよ」

「私は、気にしないが」

茜がもそもそと呟《つぶや》くと、梅次郎は、

「姐さんも、妙なとこで、浮世離れしてるんだからなあ。見てて飽きねぇよ」

と、しみじみ呟いた。

確かに、駆け込みの知らせを持った東慶寺の者が人目を引くのは、よくない。

茜は考え直し、梅次郎に告げた。

「では、日本橋で落ち合おうか」

「で、姐さんは、どうするんだい。おいらの足は、早駕籠《はやかご》にだって負けねぇぞ。空でも飛ぶかい」

街道から外れ、しばらくは獣道を使って急ぐつもりだ。闇の中、甍《いらか》の波や林を駆けていた茜にとっては、道を行くのと大差がない。

ただ、それを告げたら、梅次郎はどう思うのだろうか。

ほんの少しの間、迷った茜が答えるより早く、梅次郎が明るく切り出した。

「早く日本橋に着いた方に、負けた方が団子を馳走《ちそう》するってのは、どうだい」

茜は、にやりと笑って答えた。

「いいだろう」

茜が日本橋に着く頃には、雨足が強くなっていた。

天気のせいか、人影は疎《まば》らで、たまに行きかう人々も、顔を伏せ、傘を低く持って顔の前に翳《かざ》し、足早に去っていく。

そんな中、日本橋の中ほど、欄干に軽くもたれかかるようにして、梅次郎の姿があった。

茜は、にやにや笑っている梅次郎に近づき、むっつりと告げた。

「負けた」

にやにや顔のまま、梅次郎が応じる。

「大した差はねぇよ。おいらもさっき着いたとこさ。けど、負けは負けだぜ、姐さん」

嬉《うれ》しそうに念を押してから、梅次郎は空を見上げた。傾きの変わった笠から、雨水が滴となって滴り落ちる。

「けど、この空模様じゃぁ、団子どころじゃねぇなあ」

茜は、呑気《のんき》な飛脚を冷ややかに急《せ》かした。

「晴れていようが大雨だろうが、役目が先だ。まずは、『江上屋』へ行くぞ」

梅次郎は、がっかりした風で眦《まなじり》を下げたが、その瞳《ひとみ》には楽し気な光が瞬いている。

「ったく、この雨より姐さんが冷てぇや」

大仰にぼやいた梅次郎を追い立てるようにして、茜は「江上屋」へ向かった。

十軒店と呼ばれる辺りは、名だたる店が立ち並ぶ日本橋界隈《かいわい》でも、指折りの大店《おおだな》が揃っている。「江上屋」はそのうちのひとつだ。

梅次郎が店先で声を掛けると、手代が飛んできた。二人の形《なり》を見るなり、驚いた声を上げる。

「おやまあ、こんな雨の中を、蓑《みの》も使わず。飛脚の兄さんはともかく、女人がずぶ濡《ぬ》れになっちゃあ、いけませんよ。ささ、どうぞ店の中へ。番頭さん、番頭さん、旦那《だんな》様へお知らせを。おおい、勘太《かんた》、手拭《てぬぐ》いをお持ちしなさい」

人あしらいの上手《うま》い梅次郎が口を挟む暇もない程、滑らかな早口でまくしたてられ、断る前に手拭いやら、足を濯《すす》ぐ盥《たらい》やら――盥には水ではなく、温かい湯が張られていた――を差し出され、気づいたら茜も梅次郎も、手代が促すまま、着替えまで貸してもらうことになっていた。

梅次郎は、鉄紺と銀鼠《ぎんねず》の細い縞《しま》の粋《いき》な小袖、茜には、二人静――渋く落ち着いた赤紫色に、様々な紫色が少しずつ混じる、大層込み入った色合いの小袖が支度された。

身支度を整えた後、奥向きの客間らしき部屋へ通されると、間合いを計っていたように、湯気の立つ煎茶《せんちゃ》と干菓子が出てきた。

冷え切った身体に、爽《さわ》やかな香りの煎茶が染み渡る。

「寺役所で飲んでる番茶とは、出来が違うなあ。また、こっちもお上品な干菓子だぜ、姐さん。亭主に駆け込みの知らせを届けて水をぶっかけられそうになることはあっても、こんな上等な茶を飲ませて貰《もら》ったのは、初めてだ」

梅次郎は、感心しきりだ。

自分たちは、まだ「東慶寺からの使い」だということさえ、伝えていない。待ちかねていた他の知らせと、間違えているのかもしれない。

それにしても、飛脚相手に、この歓待は妙だ。

茜は気を引き締めた。

煎茶を飲み干したところで、人の気配が近づいて来た。

茜は、ちらりと隣の梅次郎を見た。

干菓子をひとつ、口に放り込み、旨《うま》そうに目を細める様子は、すっかり気を抜いているように見えるが、梅次郎のことだ、こちらへやってくる足音に気づいているだろう。

からりと、広縁を隔てている障子が開いた。

やってきたのは、二人の男。

一人は、藍媚茶《あいこびちゃ》――藍と茶を帯びた暗い緑色の小袖《こそで》と共の羽織姿の男、歳は三十四、五。背は高からず、低からず。撫《な》で肩で目尻《めじり》が下がり気味なあたり、頼りなく見られがちだが、こちらが、主《あるじ》の修右衛門だ。

ゆったりとした佇《たたず》まいは、見た目に反して腹が据わっていると見た。

主に付き従うようにしているのは、五十絡みだろうか、梅次郎よりも小柄で皺苦《しわく》茶《ちゃ》、頭髪はかろうじて髷《まげ》が結えるほどに心許ない男だ。

だが、この穏やかな笑みを湛《たた》えた腰の低い男も、油断がならない。視線の送り方や立ち居振る舞いから察するに、さりげなさを装いながら隅々まで目配りの利く男だ。

主従揃って、食えない奴という訳だ。

軽く目を伏せて、そんなことを考えていると、強い視線を感じた。

顔を上げると、こちらを見ている修右衛門と、まともに目が合った。

何か、と言う風に茜が小首を傾げると、修右衛門はにっこりと笑った。

「美しい目をしておいでだ」

茜は、淡々と応じた。

「光の加減で、薄い色合いに見えることがあるようです。ご不快でしたらお許しください」

修右衛門は、笑みを深め「本当に美しい色合いだ。目立ちすぎず、粋な色です。光の当たり具合で見え方が変わる様も、実に美しい」と繰り返した。

そこには、女を口説く時のような、艶《なま》めいた色は全く感じられず、単に茜の「目ように思えた。

年嵩《としかさ》の男が、そっと修右衛門を窘《たしな》める。

「旦那様。御客人に失礼でございますよ。帯か反物の出来を褒めるような、物言いをされては」

なるほど、そういう視線だったか。

すんなり得心している茜の傍らで、梅次郎が肩を震わせて笑っている。

修右衛門が苦笑い混じりで頭を下げた。

「これは、大変ご無礼をいたしました。手前は『江上屋』主、修右衛門でございます。こちらは大番頭《おおばんとう》の格兵衛《かくべえ》。この度は、遠いところ、また、雨の中お手数をおかけいたしました」

すっと、梅次郎が笑みを収めた。

「その口ぶりは、あっしらがどこの使いか、とっくにご承知のようにお見受けしやすが」

修右衛門は穏やかな口調で答えた。

「松岡。東慶寺からのお使者でいらっしゃいましょう」

「こいつは、参った。旦那は千里眼の持ち主でいらっしゃいやすか」

軽くふざけながら、ほんの僅《わず》か、梅次郎の気配が尖《とが》る。

いつもは、どんな相手も上手くあしらう男が、珍しいな。

茜は内心驚きながら、口を挟んだ。

「ずぶ濡れの飛脚とその連れを、奥向きにお通しくださった時から、私共の素性にお気づきなのだろうと、思っておりました。なぜ、お分かりになったのか。その理《わ》由《け》を伺っても」

「答えなければいけませんか。お前様方は、お使者なのでしょう。東慶寺からの呼び出し状を届けるのが役目と伺っておりますが」

変わらず、穏やかな口調で、取りつく島がない。

茜は、静かに言い返した。

「この男は、確かに呼び出し状を届ける寺の飛脚にございます。私は、蔭涼軒院代様の名代と考えて頂きたい」

「なぜ、御名代様がわざわざ」

「それは、通り一遍の駆け込みに思えなかったからです。お見受けしたところ、御内儀が行方知れずとなっても、御主人もお店の皆様も、落ち着き払っておいでだ。加えて、我らが東慶寺より参ったことを御存じで、手厚く遇してくださる。つまりは、離縁に承知していただけると考えてよろしいのでしょうか。それでしたら、こちらの手間もいくらかは省けますので。そこのところを、お伺いしたいのです」

ふふ、と、修右衛門が笑った。

「気短なところも、よく似ておいでだ。その小袖を着て頂いてよかった」

「江上屋さん」

何の話だ、と、訊《たず》ねた茜に、修右衛門は遠くを見るような目を向けた。

「その小袖は、前《さき》の女房が大切にしていた小袖でございましてね。あれは、大層気が強かった。御名代様は、ご性分、面差しが、どこか前の女房を手前に思い出させます」

気が強い、のくだりで、梅次郎が、ぷっと、噴き出した。尖っていた周りの気配が、ふう、と丸くなる。

茜は、じろりと傍らの飛脚をひと睨《にら》みしてから、そっと自分が身に着けている小袖を眺めた。

道理で、地も仕立ても高価そうだと思ったのだ。

「そんな大切なものを、お借りしてもよろしいのですか」

温かな声で、修右衛門が応じる。

「今の女房、里は、落ち着いた色は似合いませんし、前の女房、初《はつ》のものを着せては気の毒だ。といって、手放す気にもなれず、手元に置いておいたのですが、小袖は誰かに袖《そで》を通して貰《もら》ってこそ。初もあの世で喜んでおりましょう」

その口ぶりは、まだ、病で亡くなったという前の内儀を慈しんでいるようだった。

亭主は、亡くなった女房を忘れられず、親類縁者は、寄ってたかって追い出しにかかる。

お里さんは、八方塞《ふさ》がりということか。

ふっくらとした頬が幼い娘のような風情だった、駆け込み女の苦難を思い浮かべ、茜は零《こぼ》れかけた溜息《ためいき》を呑《の》み込んだ。

梅次郎が、飛脚箱から丁寧に書状を取り出し、雨除《よ》けの油紙を外してから畳へ置いて、修右衛門に向け、差し出した。

きりりと背筋を伸ばし、口上を口にする。

「こちらさんの御内儀、お里様の駆け込みに関し、東慶寺の寺法に則《のっと》り、お呼び出しを申し上げやす。ご亭主におかれやしては、速やかに松岡までお越し頂きますよう、伏してお願い申し上げやす」

茜は、小声で梅次郎を止めた。

「待ってくれ。まだ、『江上屋』さんの答えを聞いてない」

梅次郎が、ちらりと笑った。

「姐《ねえ》さん、せっかく色っぺぇ形《なり》してるんだ。さすがに物言いは、改めた方がいいぜ」

おもむろに、修右衛門が呼び出し状を、すい、と梅次郎の方へ押し戻した。

「御名代様のおっしゃるように、少し、待って頂くことはできませんか」

梅次郎と茜は、顔を見合わせた。

大番頭の格兵衛が、そっと言い添えた。

「先程は、主が『答えなければいけませんか』などと失礼を申し上げました。お使者様の人となりを知りたかったのでございましょう。お二人を見込んで、申し上げます。実を言いますと、手前共は東慶寺の皆様に折り入ってお願いがあり、到着をお待ちしておりましたのでございます」

梅次郎が、目顔で「姐さんが仕切れ」と伝えてきた。

茜は、溜息を呑み込んだ。

自分は、決して弁が立つ方ではないのに。だが、「院代の名代である」と名乗った手前、「江上屋」主従と遣《や》り取りを交わすのは、自分の役目だろう。

腹を据え、修右衛門と格兵衛へ等しく視線を送りつつ、口を開いた。

「そちら様の『お願い』とやらを伺う前に、聞かせて頂きましょう。まずは、先刻の私の問いに対する答え。ご亭主、修右衛門さんは、お里さんとの離縁にご承知頂けるのか、否か」

修右衛門の返事に、淀《よど》みはなかった。

「里との離縁は、考えておりません」

「ではなぜ、我らを待っておられたのか。お里さんが東慶寺への駆け込みを考えておいでだと、察しておられたからこそ、我らがやって来るのを待つことができた。なぜ、お里さんの胸の裡《うち》に気づいた時に、お止めにならなかったのです。離縁はせぬというお言葉とは、辻褄《つじつま》が合わぬように思うのですが」

茜は、淡々と問いを重ねた。修右衛門はお里の味方か、それともあの親類共の一味なのかを見極める。話はそれからだ。

修右衛門は、ひたと茜の目を見つめてきた。

「もしや、里の、あるいは松岡御所の周りをうろつく町人は、いませんでしたか」

茜は、黙って修右衛門を見返す。

ふ、と苦い溜息を修右衛門が吐いた。

「やはり、いましたか」

低く呟《つぶや》き、そのまま続ける。

「それは恐らく、手前の縁者でございます。それで、幾人」

茜は、ありのままを答えることにした。修右衛門の言葉に、冷ややかな皮肉が混じったことに気づいたからだ。

「見かけたのは、四人です。男が三人。女がひとり」

く、と修右衛門は、こんどははっきり皮肉を込めた笑いを漏らした。

「里ひとりの為に、雁首《がんくび》を揃えたという訳ですか。ご苦労なことだ」

「あの方々は」

茜の問いに、修右衛門が放るように応じた。

「父の兄の子たち、つまりは従兄弟《いとこ》と、女子《おなご》は長男の女房です。それで、その四人は何をしました。里の手を引いて、そちら様へ駆け込みましたか」

「東慶寺は、男子禁制です。女子であっても、誰かを無理に境内へ引き込むことはできません。門番も寺役人もおりますので。よしんば、そのような無茶が叶《かな》ったとしても、院代様はそれを『駆け込み』とはお認めになりません」

修右衛門が笑った。柔らかな、どこか安堵《あんど》したような笑みだった。

「では、従兄弟たちは、里に何もしなかったのでしょうか」

「お里さんの駆け込みを、後押ししているように、代わる代わる言葉を掛けていましたね。もっとも、言葉はそうでも、立ち居振る舞いや目つき、声音は、脅している風にしか見えませんでしたが」

「詳しくは、何と言っていましたか」

「お里さんの思う通りにしていい。辛抱することはない、と。お里さんを励ますと言うよりは、我らに向け、体裁を取り繕ったのだと思います」

修右衛門は、腕を組んで小さく唸《うな》った。

「連中も、なかなか念入りに動いているということか。何を盾に取って、里を脅しているのか、分からぬことには――」

あの、と、控え目に口を挟んだのは、大番頭の格兵衛だ。

「分家の方々が、御内儀様、お里様にいらぬちょっかいを出していることに、旦那《だんな》様は気づいておいででした。お里様が取り合っておいでなかったので、放っておかれたものの、半月ほど前からでしょうか。お里様のご様子が急に変わってしまわれまして。時を合わせるようにして、分家の方々の仲立ちで、さる商家のお嬢様を行儀見習いさせてくれぬかという、お話が舞い込んだ次第でございます」

「その、行儀見習いのお嬢様は」

茜の問いに、格兵衛は、ぶふん、と馬のような荒い息を吐き出した。

「お断りしましたとも。なのに、まったくしつこい」

「大番頭さん」

微苦笑混じりで、修右衛門が大番頭を窘《たしな》めた。

これは失礼を、と格兵衛が頭を下げる。修右衛門がその後を引き取った。

「まあ、確かにしつこかったのです。ああしつこいと、何やら裏の目論見《もくろみ》があるのではと、誰でも気づく。恐らく、里を追い出して、自分たちの息のかかった娘を手前の後妻《のちぞえ》に据え、『江上屋』の身代を思い通りにしようと企《たくら》んでいるのでしょう」

ふいに、修右衛門が神妙な顔になり、茜と梅次郎に向かって、深々と頭を垂《こうべ》れた。

大番頭も、主《あるじ》に倣って頭を下げる。

「このような下らぬ跡目争いに、由緒ある御寺様を使った格好になり、面目次第もございません。幾重にもお詫《わ》びいたします。ただ、後腐れなく事を収め、里を守るには、あの者たちがどうやって里を脅しているのか、それをどうしても知らなければならなかった」

「どうぞ、頭をお上げください」

二人を促してから、茜はひんやりと問いかけた。

「それで、敢《あ》えてお里さんが分家の方々に脅され、東慶寺へ駆け込まされるのを、黙って見逃がした。それは全て、御内儀のお里さんを守るため、勢い余って東慶寺の役人の前で、分家の方々がうっかり何か口走ってくれれば、儲《もう》けもの。主殿のその策に、我らは知らず巻き込まれた、と、そうおっしゃる」

「そ、それは――」

顔色を変え、口走った格兵衛を、修右衛門が再び、「大番頭さん」と穏やかに止めた。

梅次郎が、小声で茜をからかった。

「その物言い、秋さんに随分似てるぜ」

修右衛門は、殊勝な面持ちで茜に答えた。

「その通りです」

茜は、軽く息を吐いて応じた。

「分かりました」

修右衛門と格兵衛が、戸惑いの目を茜へ向ける。

茜は微笑み混じりに、視線で梅次郎を示した。

「実は、こちらの寺飛脚も主殿と同じようなことを、申しました。このままお里さんを遮っても、何か企んでいるらしい者たちに渡すだけだ。寺が絡んだ方がいい、と。それでお里さんの駆け込みを受けたという訳です」

修右衛門が、目を丸くした。

「お前様が」

梅次郎が、人好きのする笑みで応じる。

「大したこっちゃありやせんや。一本気で気短な御名代様のお耳へ、ちょっとした悪知恵を吹き込んだだけでさ。生真面目に、お里さんの駆け込みを思いとどまらせようとされてたもんでね」

茜は、軽く頭を下げた。

「面目ない。助けて欲しいとお里さんに言われたもので、つい、要らぬ口を出しました」

修右衛門が、沁《し》みるような声で呟いた。

「お二人は、そこまで里の身を案じて下さったのですね。ここ幾年も荒れ切っていた東慶寺を、今の院代様が立て直されたと聞きましたが、その話は本当だったようだ。東慶寺は、本当に女子をお救い下さる御寺様でいらした」

茜は、なんとなし梅次郎と視線を交わした。

東慶寺に身を置く者で、法秀尼を良く言われて、嬉《うれ》しく思わない者はいない。院代の座についてからの、法秀尼の尽力と苦労は、生半可なものではなかったのだ。

その姿を側近くで見てきた、誰もが願っている。

法秀尼が望んでいる通り、駆け込んだ女子が、皆幸せになって欲しい。

そして、ひとりでも多く、法秀尼の成したことを知って欲しい、と。

そうすれば、東慶寺に助けを求めてもいいのだと、苦しんでいる女子たちにも伝わるだろうから。

格兵衛が、意を決した風で、修右衛門を呼んだ。

「旦那様」

修右衛門が、大番頭へ小さく頷《うなず》きかける。主もまた、真摯《しんし》な顔を茜と梅次郎へ向けた。

「先刻、お願いがあると申しましたのは、まさにそのことでございます。どうか里を、お助け下さい。手前は里を離縁するつもりはございませんし、里も同じ気持ちかと。手前共が夫婦《めおと》としてつつがなく暮らすには、あの分家たちが二度とくだらない企みをしないよう、大人しくさせなければならないのです」

茜は、ふ、と息を吐き出してから修右衛門へ答えた。

「お里さんが、主殿と同じ気持ちかどうかは、改めて確かめる要があります」

顔を曇らせた修右衛門へ、続ける。

「ですが、お里さんを偽りの駆け込みから助けるには、あの方々をどうにかせねばならないとは、我らも考えております。そしてそれは我ら東慶寺の者の役目。詳しい話を、お聞かせいただけますか」

修右衛門が、困ったように笑った。

「手前共のお恥ずかしい内証をお聞かせすることになります」

＊

話は、「江上屋」の二代前の頃まで遡《さかのぼ》る。

修右衛門の父、「江上屋」先代には、年子の兄がいた。修右衛門の伯父《おじ》、件《くだん》の従兄弟《いとこ》の父である。

本当なら「江上屋」は、修右衛門の父ではなく伯父が継ぐはずだった。

ところが伯父は、「大店《おおだな》の主」となるのは嫌だと言った。小さな古着屋をやりたい。店は女房に任せ、自分は反物や古着を背負って、のんびり旅をしながら行商をしたい。

そう、先々代の「江上屋」主に訴えた。修右衛門の祖父だ。

祖父は、伯父の我儘《わがまま》を受け入れた。祖父もまた、自分の上の息子に大店を取り仕切る才覚はないと、見抜いていたのだ。

そうして、当代修右衛門の父が「江上屋」を継ぎ、分家という形で、伯父は家を出た。

伯父は「江上屋」は名乗らず、小さな古着屋を始めた。

今から三十と五年前の話だ。丁度その年に修右衛門が、前後して従兄弟たちが生まれた。

伯父夫婦はとても幸せそうだった。修右衛門は幼心にそう感じた。

伯母《おば》は裏店の人たちと、楽し気に遣《や》り取りをしながら古着を売り、伯父は会うたび、旅すがら見聞きしたことを、幼い修右衛門に話してくれた。三人の従兄弟たちも、その話を一緒に聞いた。

父と伯父は仲のいい兄弟だった。幼い頃は、修右衛門と従兄弟たちも、親しく遊んでいたのだ。

その、良い関わりを壊したのが、十と五年前、江戸で猛威を振るった性質《たち》の悪い風邪だった。

修右衛門の父と伯父は、その風邪をこじらせ、あっけなくあの世へ行ってしまった。そんなところまで仲良くすることもあるまいに、と周りは嘆いた。

そうして、「江上屋」を修右衛門が継いだ。前の年、修右衛門は同じ呉服問屋の娘を嫁に貰《もら》っていて、気短で気の強い女房は、商いには一切口を出さなかったが、しっかりと奥向きを纏《まと》め、修右衛門の目が行き届かないような、店の細かなあれこれへも目を配ってくれた。

頼もしい女房のお陰で、父を亡くした哀しみを抱えながらも、修右衛門は「江上屋」の商いに専心することができた。

「江上屋」を継いでからは、ともかく目の回るような忙しさにかまけ、分家とは疎遠になった。

古着屋は今まで通り伯母が切り盛りし、三人の従兄弟が手分けをして、伯父が回っていた行商先を回っているらしいという話は、かろうじて修右衛門の耳に入ってきた。

そうして時が流れ、また大きな哀しみが襲ったのは、一年前だ。

伯父を亡くしてから、古着屋をひとりで切り盛りしていた伯母が、いきなりこの世を去った。

従兄弟たちはお世辞にも出来がいいとは言えず、三人合わせても伯父の行商には足元にも及ばない稼ぎしか得られていなかった。

伯母は働き過ぎと、頼りない息子たちの先行きを案じた心労がたたって命を落とした。

そう修右衛門が聞かされたのは、伯母の弔いの折、古着屋の贔屓客《ひいき》の口からであった。

＊

「ほんの少しでも、伯母が頼ってくれたら。いや、手前が、伯父を亡くした伯母を気にかけていたら、伯母はまだ生きていてくれたかもしれない」

苦し気に、修右衛門は言った。

茜は、修右衛門に小さく頷き返しながら、少し違うことを考えていた。

自分が借りている小袖《こそで》の持ち主、前《さき》の内儀が亡くなった話は、修右衛門の口から出てこなかった。

やはり、未《いま》だに心を残しているのだろうか。ならばお里は、本当に修右衛門の女房でいることが、辛《つら》いのではないだろうか。

まるで茜の胸の蟠《わだかま》りを察したように、梅次郎が口を開いた。

「まだ、お初さんを忘れられやせんかい」

修右衛門が、目を瞠《みは》った。

「なぜ、そんなことを」

困ったような口調で訊《き》き返され、梅次郎が言い添える。

「いえ、ね。今までの話の中で、前の御内儀さんが亡くなった話は出なかったもんで。口にするのもお辛いんじゃあねぇか、と」

「ああ、なるほど」

修右衛門は、一度茜を見てから明るく呟《つぶや》いた。梅次郎の口ぶりから、茜の蟠りを察したようだ。

ふ、と遠い目をして打ち明ける。それは、哀しんでいるというよりは、亡き人を懐かしんでいるようにも見えた。

「そうですね。確かに、お初のことは忘れられません。鮮やかな女でしたから。ただ、お初を忘れられない心とは別に、お里も愛《いと》おしく思っている、というのは、男の身勝手な言い分でしょうか」

微《かす》かな照れもなく、ただ真っ直ぐに、「愛おしい」という言葉を口にされ、茜は視線をさ迷わせた。

先刻の遣り取りでは、修右衛門は二人の内儀のことを、それぞれ初、里、と呼んでいた。ところが想いを打ち明けている時の呼び方は、「お初」「お里」となっていた。

何気ない言葉の中に、ひとかたならぬ情が込められている気がして、聞いているこちらが気恥ずかしい。

梅次郎が、苦笑い混じりで修右衛門に応じる。

「こりゃあ、御馳走《ごちそう》さんです。ああ、御名代様は色恋にゃあ疎くておいでですしてねぇ。吃驚《びっくり》しちまってるだけですんで、どうぞお気になさいやせんよう。けど、そんな風に言われりゃあ、お里さんも嬉《うれ》しいでしょうに」

「ええ、大層喜んでおりました」

修右衛門の言葉に、いたずらっ気が混じっている。形ばかり、声を潜めて「江上屋」主《あるじ》は打ち明けた。

「実は、手前がお里を口説いた時の文句でございまして」

梅次郎は、腕を組んで妙に感心しきりだ。

「ほお、なるほどねぇ。江上屋さんは奇特なお人だ。なかなか、女子《おなご》相手にそこまではっきり、口に出せるもんじゃありやせんよ。野郎ってのは、御名代様と同じくれぇ、照れ屋が多い」

何と応じていいか、茜がなかなか巧《うま》い言葉を探せないでいるのをいいことに、梅次郎は言いたい放題、修右衛門は惚気《のろけ》放題だ。茜としては居心地の悪いことこの上ない。

金輪際、梅次郎に団子なぞ、馳走してやるものか。

心中で悪態を吐いてから、茜は、こほん、と咳《せき》ばらいをし、なんとか告げた。

「そ、そうですか。それを伺って安心しました」

ひっくり返ってしまった茜の可笑《おか》しな声に、笑いを堪《こら》え損ねた大番頭の格兵衛が、妙なうめき声を上げた。

修右衛門は、くすくすと小さく笑ってから、また少し遠い目をして話を戻した。

「前の女房、お初が病で亡くなったのは三年前、伯母が亡くなる二年ほど前のことでした。お里はお初付の女中で、お初を慕っておりました。お初もお里を可愛がっておりましたから、お里はさぞ哀しかったでしょうし、心細かったことでしょう。なのにお里は、手前を気遣ってばかりだった。心根の優しい、気遣い細やかな女子です」

二人の女子を語っていた、修右衛門の柔らかな目に、ふいに昏《くら》い光が過《よぎ》った。

「手前やお里の哀しさも知らず。従兄弟《いとこ》たちは、こんなことを言っていたそうです。

『これは、お父《と》っつぁんが、あの世から助けてくれたんだ』、と」

厭《いや》な肌触りの何かが、心の裡《うち》を撫《な》でていったような、心地がした。

「それは一体、どういう」

茜が訊く。

修右衛門が、ぽん、と屑《くず》でも放るように答えた。初めて従兄弟のことを口にしたのと同じ口ぶりだ。

「お初の病がいよいよ重くなった時の様子が、父と伯父が逝った風邪と、よく似ていたんですよ。だから、伯父が路頭に迷いかけている息子たちを憐《あわ》れんで、お初を連れて行ったのだ、と。まったく馬鹿げた話です。お初にも、伯父にも失礼な話だ」

つまり、先ほど修右衛門が言っていた言葉、

「恐らく、里を追い出して、自分たちの息のかかった娘を、手前の後妻に据え、

『江上屋』の身代を思い通りにしようと企《たくら》んでいるのでしょう」

　に、繋《つな》がるらしい。

　修右衛門は語る。

　そんな算段をしていた従兄弟たちを、伯母《おば》がこっぴどく叱りつけ、その後も妙な真似をしないよう、睨《にら》みを利かせてくれていたそうだ。けれど一年前、その伯母も亡くなって、従兄弟たちの「重し」が外れてしまった。

　分家の従兄弟たちは、多分、こう考えた。

　古着屋の要《かなめ》だった母はいない。残された自分たちだけでは、立ち行かない。だったら「江上屋」があるではないか。

　そもそも、本当なら父が継ぐはずだったお店《たな》だ。自分たちが取り戻して何が悪い。

　自分たちの「巧い考え」を止めていた母は、いない。

　少し前に修右衛門は後妻を貰《もら》ったが、女中上がりの若い女房だという。

　まだ子もない今なら、あっさり追い出せるだろう。

　修右衛門の言葉を聞いていた梅次郎が、吐き捨てた。

「どうしようもねぇ奴らだぜ」

「梅さん」

茜が低く咎《とが》めたが、修右衛門は笑って梅次郎の肩を持った。

「まったく、どうしようもない身内で、お恥ずかしい限りです」

梅次郎が、さあ、とばかりに袖《そで》を捲《まく》り上げた。

「手伝いやすよ。あっしらは、何をすりゃあいいんで」

まず、と切り出したのは、格兵衛だ。

「町名主様への呼び出し状は、もう届いていますのでしょうか」

梅次郎が、

「いいや、まだあっしが持ってやす」

と応じると、大番頭は重々しく頷《うなず》いた。

「それは、何よりでございます。では、お届けに行かれる折、町名主様のご様子を確かめて頂けませんでしょうか」

茜は、眉《まゆ》を顰《ひそ》めた。

「まさか、町名主殿が、御分家と通じている、とおっしゃる」

「そういう動きが、ございまして」

迷いのない口ぶりからして、この大番頭が突き止めたのだろう。やはり、格兵衛は初めに感じた通り、凄腕《すごうで》大番頭らしい。

「まったく、どいつもこいつも。呼び出し状を届けがてら、とっちめるなり、釘《くぎ》を刺すなり、しておくかい」

乗り気な梅次郎を、茜が止めた。

「いや。あの御分家と繋がっているなら、かえって知らぬふりをしておいて、東慶寺で秋さんにとっちめて貰った方がいいだろう。化けの皮が剝《は》がれれば、悪巧みの生き証人にもなってくれそうだ」

大番頭がほっとした風で頷いてから、続けた。

「では松岡へお戻りになったら、御分家の皆様の動きに気を付けて頂くことはできますか。もし叶《かな》うのであれば、しばし足止めをして頂けませんでしょうか。その間に、旦那《だんな》様と手前で、どうやって御内儀様を脅しているのか、その尻尾《しっぽ》をなんとかして捕まえます」

戸惑った顔で、修右衛門が大番頭を窘《たしな》めた。

「そこまでのご厄介を、御寺様にはかけられないだろう」

茜は、すかさず、いえ、と口を挟んだ。

「御分家でしたら、既に御用宿と諮《はか》って、『東慶寺の表御門が気になって動けない』と考えるように仕向けてあります。いざという時の足止めの算段も、付けております。お里さんが寺から逃げ出そうとしている、とでも、役人からそれとなく匂わせればよい、と。こちらとしても、見えないところで動かれ、お調べや皆様の話し合いの妨げになっては困りますので」

梅次郎が、自慢気に口を挟んだ。

「御分家さんが泊まってる『松本屋』さんは、飯も風呂《ふろ》もなかなかで、宿の居心地もいい。やましいことがなくたって、なかなか引き払おうとは思わねぇでしょう」

茜が、修右衛門に告げた。

「とはいえ、御分家としてはお里さんも見張りたいが、『江上屋』さんの様子も気になる、というところでしょう。例えば、手分けをして、どなたかはこちらの様子を見に戻ってこようと考えられると、少し厄介でしょうか。どうしても、と言われれば足止めにも限りがあります。腕ずくで押し込める訳にもいきませんので」

修右衛門が、にっこりと笑った。

「ああ、それに関してはお気遣い無用です。従兄弟たちも、誰かが抜け駆けせぬように、互いに見張りあっているはずですから、手分けをして何かしようとは間違っても考えません。皆様が、宿やお里へ、あの者たちを引き付けて下さっているのでしたら、四人まとめて御用宿で大人しくしているでしょう」

梅次郎が、呆《あき》れかえったように、肩を竦《すく》めた。それから、いたずらな光を瞳《ひとみ》に湛《たた》えて、茜に話しかける。

「なあ、姐《ねえ》さん。だったらおいらたちも、狸だか狐だか知らねぇが、そいつの尻尾をとっ捕まえる手伝いをしちゃあどうだろう」

茜は、苦い息を吐いた。

「戻るのが遅れれば、院代様や皆が、心配するでしょうに」

「けどよぉ、お里さんはだんまりを決め込んじまってるし、町名主までぐるだってなったら、『江上屋』さんは手詰まりだぜ。このまんま、身代乗っ取りの片棒を担がされるなんて、業腹じゃあねぇか」

格兵衛が、身を乗り出す。

「そうして頂けると、大層心強うございます」

「これ、大番頭さん」

格兵衛を叱った修右衛門と、「なあ、なあ、いいだろう、御名代様ぁ」と子供のように駄々を捏《こ》ねている梅次郎にうんざりした茜の目が、ふと合った。

互いに微苦笑が零《こぼ》れる。

「では三日、お手伝いさせていただきます」

元々、『江上屋』の様子を見たいと、江戸へ出させて貰ったのだ。三日ほどであれば、梅次郎と色々探っているのだろうと、心配はされまい。

三日あれば、茜ひとりでも色々探れるはずだ。いや、ひとりの方が探りやすい。

茜が、どうやって密《ひそ》かに探索に出るか、思案していると、

「おお、それは有難いっ」

「よかったなあ、大番頭さん。頼もしい助《すけ》っ人《と》が現れてよぉ」

大番頭と梅次郎は互いに近寄り、手を取り合って喜んでいる。

あっという間に、気が合ったようだな。

茜は、古くからの知り合いのようになってしまった二人を、呆れ混じりで眺めた。

この「探索」を、茜が仕切ることになった。

梅次郎が、

――御名代様は、院代様が誰より信を置いておいでのお方で、院代様直々の命《めい》を受けて、常々探索に携わっておいでなんでさ。だから、あれこれ探り出すのは、お手の物でごぜぇやすよ。

なぞと、得意げに語ったせいだ。

その言葉を鵜呑《うの》みにした江上屋主従が、ならば是非茜に指図をして欲しいと頼んできたのである。

格兵衛が、ばつが悪そうに白状した。

「先刻は、連中の尻尾を捕まえてやるなんぞと、大きなことを申し上げましたが、その実、途方に暮れていたのでございます。何分、手前も旦那様も、探索だのお調べだのは、まったくの素人。五里霧中とは、このことでございまして」

茜は格兵衛の弱音を耳にし、内心で、正直助かる、と呟《つぶや》いた。使えるのは三日、当人たちが言う通り、素人に調子を合わせている暇はない。

茜は、まず江上屋修右衛門と大番頭の格兵衛、梅次郎を前にして告げた。

「一度は、私に助けを求めたお里さんが、今なぜ口を噤《つぐ》んでいるのか。そこから手繰っていくのが、手っ取り早いと思います」

うん、うんと、江上屋主従が頷《うなず》くのを見て、茜は続けた。

「まず、お里さんの心裡《こころうち》を聞かせて頂きたい。本当は当人に伺うのが一番なのですが、それは寺役所と御用宿に任せるとして。主殿《あるじ》」

茜が修右衛門を見ると、江上屋の主もまた、静かに茜の目を見返してきた。

「主殿が、お里さんを慈しんでいる、離縁するつもりはない、お里さんも同じお気持ちだろうというお話ですが、失礼を承知で伺います。例えば店の主に言われて断れなかった。主殿への恋心ではなく、『江上屋』内儀の座に惹《ひ》かれた、ということはございませんか」

顔色を失くしたのは、格兵衛だ。

梅次郎が、ちらりと茜を見た。

どちらも、茜は見ぬふりをした。

不躾《ぶしつけ》な問いに、修右衛門がどう応じるか見たかったのだ。それによって、お里の心だけでなく、修右衛門の本心も透かし見えるはずだ。

取り繕ったとしたら、怪しい。

怒ったとしたら二通り。修右衛門自身が疑われたことに腹を立てたのなら、嘘か真《まこと》かは五分と五分。顔つきをじっくり読めばいい。顔は口ほどに物をいうものだ。

そして、お里の想いを疑ったことに怒ったのなら、きっと二人は本当に想い合っているのだろう。勿論《もちろん》、これも顔つきから、本当の腹の裡《うち》を探る要はあるが。

ところが、修右衛門は、茜が思い描いていたものとは全く違う振る舞いを見せた。

自分の心裡を語る時は、何の照れもなく落ち着き払っていた男が、ふいに視線をさ迷わせたのだ。頰に血の気が上っている。

「それが、その」

言いにくそうにもごもごと呟いてから、茜や梅次郎を見ずに打ち明ける。

「後妻《のちぞえ》に入って欲しいと幾度頼んでも、色よい返事をくれなかったものだから、お里は手前のことをどう思っているのかと訊《たず》ねた途端、泣かれてしまいましてね」

――旦那《だんな》様をお慕いしていることは、死ぬまで、決して表に出さないと心に決めておりましたのに。

お里が哀しそうに泣いているのが気になったけれど、修右衛門は、お里の心が自分にあると知って嬉《うれ》しかった。

にやけ顔で梅次郎が口を挟んだ。

「妙なお人だねぇ、旦那さんは。手前《てめ》ぇの胸の裡を惚気《のろけ》るのは平気で、お里さんの胸の裡を惚気るのは、照れ臭いんですかい」

あはは、と修右衛門はばつが悪そうに笑ってから、続けた。

それでもお里は初め、後妻の話を断ったそうだ。内儀のお初には、世話になった。裏切るようで申し訳ないから、と。

「全く、うんと言わせるのには、酷《ひど》く苦労しましたよ」

「なるほど。そこで、あの台詞《せりふ》の出番ってぇ訳ですか」

梅次郎の呟きに、修右衛門は初心《うぶ》な若者めいた照れを仕舞い、しんみりと笑った。

「それもありますが、お里はお初と、話をしたようです。忙しく働きながら、時を見つけてはお初の位牌《いはい》の前に座っておりました。お初とお里の間には、手前にも入り込めない、絆《きずな》のようなものがあったようですので」

お里は、お初と何を話していたのだろう。

お初はお里に、何と言ってやったのだろう。

茜は、そっと、お初の小袖《こそで》の袖口に触れてみた。

胸に湧き上がった甘くほろ苦い情を仕舞い込み、話を「探索」へ戻す。

「そのお里さんが、邪魔者のいない東慶寺の役所でも、何も打ち明けて下さらない訳が知りたいですね。そちらは、主殿と大番頭さんにお頼みできますか」

修右衛門と格兵衛が顔を見合わせて、頷き合った。

この主従も、気が合っているというか、随分仲がいい。

修右衛門が言った。

「分かりました。少し気が引けますが、お里の持ち物を確かめてみましょう。分家と遣《や》り取りした文か何かが、出てくるかもしれない」

格兵衛が続く。

「では手前は、奉公人や出入りの商人に聞いてみます。お内儀様が御分家の方々と会っていたことはないか。このところ、変わったご様子はなかったか」

ずっと気になっていたのだが、格兵衛は何の蟠《わだかま》りもない様子で、お里のことを、主の内儀として語る。

「失礼ついでに。格兵衛さんはお里さんがお内儀様になったことを、どう思われたのでしょう」

茜の問いに、格兵衛はからりと笑った。

「手前は、お里様が女中だった頃から、あのお方を見てまいりました。分け隔ても裏表もないお人でございました。大番頭として、奉公人の中で誰よりも信を置いておりました。お初様の後をお里様が引き継いで下さるのなら、こんなに安心できることはない。そう思いましたよ。それは、他の奉公人も皆同じではないでしょうか。それから」

格兵衛は、まるで自分のことのように胸を張った。

「『江上屋』で評判を取っている、うさぎや猫の帯、組み紐《ひも》の簪《かんざし》、あれは皆、御内儀様の思い付きなんでございますよ」

修右衛門が、目を細めて格兵衛の話に乗る。

「商いのことは分からないと言うのですが、商うものに関しては、お里はなかなか目の付けどころが面白い女子《おなご》でございましてね。お初にはなかった才です」

このまま黙って聞いていると、二人の「お里自慢」は止まりそうにない。

茜は、逸《そ》れた話をやんわりと引き戻した。

「では、お里さんのことはお二人にお頼みして、我らは、御分家の古着屋と、町名主を当たりましょう」

格兵衛が、小首を傾げた。

「町名主様は、放っておくのではなかったのですか」

茜は、にっこり笑って答えた。

「勿論、正面切って問い詰めたりはしません。少しばかり考えがあります」


茜と梅次郎は、奥向きの女中が火鉢に火を入れ、丁寧に乾かしてくれた着物に着替え、「江上屋」の傘を借りて、しとしとと降りしきる雨の中、町名主を訪ねた。

岩附町の町名主は、名を大野《おおの》又三郎《またさぶろう》といい、四十半ばの小男であった。

寺飛脚の梅次郎と、院代の名代を名乗った茜を落ち着いた様子で迎えたが、時折ちらちらと泳がせる視線や、しきりに、右の親指の爪を人差し指の腹で擦《こす》る仕草を見る限り、肝の据わらぬ性分なのだろうと、茜は見当をつけた。

「江上屋さんへは、もう行かれたのですか」

さりげなさを装っているものの、開口一番、名主の又三郎はそんなことを訊《き》いてきた。

「気になりますか、江上屋さんが」

茜がすかさず問い返すと、ぎこちない笑いで又三郎が応じた。

「いえ、江上屋さんの傘を差しておいでになったもので。それだけのことでございますよ」

茜も、又三郎に笑みを返しながら告げた。

「主殿《あるじ》は、お里さんをどうでも連れ戻すおつもりのようです」

梅次郎が、様子を覗《うかが》うような目を、茜に向けた。

寺飛脚も名代も、普段は決してこんなことは告げない。全ては東慶寺の役所で話をするのだ。

けれど、この又三郎には動いてもらわなければならない。

それには、餌が要る。

又三郎が、少し芝居がかった仕草で溜息《ためいき》を吐いた。

「修右衛門さんにも、困ったものだ。お里さんが気の毒でならない」

「と、いいますと」

茜が軽く身を乗り出して問い返すと、又三郎は更に間合いを詰め、声を潜めて言った。

「前《さき》のお内儀と修右衛門さんはそれは睦《むつ》まじかったんですよ。恐らく、お里さんを後妻に望んだのも、ずっとお初さんの側にいたお人だからなのでしょう。お初さんのやり様をよく見ていた女子なら、お初さんと同じように内証を仕切ってくれるだろう、と。ですからね、事あるごとにお初さんと比べられ、あそこが違う、ここが足りないと、細かなことで叱られていたようです。窮屈だったと思います」

お里を駆け込みさせた分家も、お里自身も同じ言葉を使っていた。

まるで口裏を合わせている様に、又三郎も口にしたその言葉を、茜は敢《あ》えて繰り返した。

「窮屈、ですか」

「はい」

そりゃもう、と続きそうな勢いだ。

修右衛門や格兵衛の話とは随分と違っているな。

茜は内心で冷ややかに呟《つぶや》いてから、ふと思いついたような素振りで呟いた。

「そういえば、同じようなことを言っていたな」

得たりとばかりに又三郎が確かめる。

「やはり、お里さんもそう訴えておいででしたか」

茜は、口が滑った風を装い、ぼんやりと笑って見せた。

「ああ、いえ。なんでも」

「そう言わず。私は町名主として、お里さんの力になりたいのでございますよ」

ふっと、鼻で笑った梅次郎を、茜はちらりと睨《にら》んで大人しくさせた。とはいえ、梅次郎の内心はきっと、茜と同じようなものだろう。

町名主として、と言うなら、双方のいいように話を収めなければいけないだろうに。一も二もなく、お里につくと息巻いている段で、半ば語るに落ちているようなものだ。

茜は、仕方ないな、と呟いてから言った。

「いえ、お里さんの駆け込みに付き添っていらした方々がおいででございまして」

「ええ、ええ」

町名主は、いよいよ意気揚々としてきた。

「そのうちのおひとりが、窮屈な家で辛抱することはないと、おっしゃっていたものですから」

「そうでしょうとも。ですから、私がお里さんの力になってやらなければ。何しろ相手は、泣く子も黙る大店《おおだな》の主でございますからねぇ」

「いくら町名主殿とはいえ、それほどのお人を怒らせては、厄介なことになるのでは」

「それが、町名主の役目でございます」

得意げに胸を張った様が、薄っぺらすぎて茜は嗤《わら》いを堪《こら》えるのに苦労した。

「それは、お里さんも心強いでしょう。ですが、少しばかり気になることがあるのです」

茜は顔を曇らせ、首を傾げた。

「気になること、とおっしゃいますと」

茜は、じっと町名主を見据えて訊いた。

「付き添いの方々に、お心当たりはおありでしょうか」

又三郎の目が、忙《せわ》しなく泳ぐ。

「いえ、皆目」

少し冷たさを含んだ声音で、茜がもう一押しする。

「町名主殿でも、見当は付きませんか」

又三郎は、探るように茜を見返し、そろりと訊き返す。

「付き添いの方々に、妙な様子でも」

茜は微苦笑を浮かべた。

「正直なところ、付き添いがいらっしゃること自体珍しいのですが、それが四人ともなるといよいよ大仰で、こちらも少し戸惑っているのです」

なんだ、そんなことか、という風に又三郎が肩の力を抜いたところを狙いすまして、茜は続けた。

「その付き添いの方々の中に、本当はお里さんのお味方ではないお人がいらっしゃるような気がするのです」

「それはまた、なぜでございますかな」

訊いた又三郎の声が、心なしか硬かった。

「付き添いの方には、お里さんと別の御用宿でお待ちいただいているのですが、宿の主の話では、殿方三名のうちのおひとりが、妙なことを仰《おっしゃ》っていたそうなのです」

思わせぶりに話を一度切って、少し長い間を置いてから、茜はゆっくりと切り出した。

「寺飛脚ではない飛脚に、急ぎの文を頼みたい、と。寺飛脚は寺の用のみをこなす飛脚です。他の者の文は、たとえ駆け込みに関わることでもお預かりいたしません。それをご存じだった、とも言えますが、寺に知られたくない何かがある、とも言える。加えて、飛脚を頼む折に、他の付き添いの方々に知られぬよう気を遣っていたようだ、と。少し妙に思った主が、どなたへ文を出すのか訊いたところ、『江上屋の主に急ぎの知らせがある』と、おっしゃったそうで」

「修右衛門さんに、急ぎの知らせが」

「妙だとは思いませんか。お里さんの駆け込みを助けたお人が、離縁したいと思っている当の相手に、どんな急ぎの用があったのでしょう」

「そ、それは、お里さんが東慶寺に入ったことを、知らせるためではないのでしょうかねぇ」

「寺の飛脚が知らせに走るのに、ですか。現に、この寺飛脚の知らせの方が早く届きました」

「きく、いえ、その、付き添いの男が頼んだ飛脚は」

修右衛門から、茜たちは分家の四人の名を聞いていた。長男は新八《しんぱち》、その女房はおのい。次男が竹吉《たけきち》。三男の名は、菊蔵。

町名主の胸の裡では、一番裏切りそうなのが、どうやら三男の菊蔵《きくぞう》ということらしい。

時がない中、迂闊《うかつ》な相手で助かる。

茜はひんやりと考えた。

又三郎の問いに、梅次郎が答えた。

「あっしにゃあ負けるが、なかなかの足を持った奴です。そろそろ、『江上屋』さんに着いてる頃じゃあございやせんか」

眉間《みけん》に皺《しわ》を寄せ、黙り込んでしまった町名主の顔を、梅次郎が覗《のぞ》き込んだ。

「大丈夫ですかい。顔色が悪《わり》ぃ」

又三郎は、はっとして笑みを浮かべた。酷《ひど》くぎこちなく、歪《ゆが》んだものではあったけれど。

「そう、そうでございますね。ですが、そう、御名代様が気に病まれることでもないように思いますが。いずれにせよ、手前は、そう、お里さんにお味方いたしますので」

誰より気に病んでるのは、お前さんだろうに。

そうと四度も繰り返すほど狼狽《うろた》えた物言いの町名主に向かって、茜は胸中で呟いてから、にっこりと飛び切りの笑みを浮かべて頷《うなず》いた。

「町名主さんが、そうおっしゃるならば、私も安心して鎌倉へ戻れます」


梅次郎に蕎麦屋《そばや》へ誘われ、茜は従った。初めに目についたところへ入ったのだが、雨のせいか、客は疎《まば》らだ。

こいつはしくじったか、と梅次郎はぼやいたが、すぐに出てきたかけ蕎麦は、大層旨《うま》かった。

温かでまろやかな味の汁は、鎌倉を出立してからこれまでで疲れの溜《た》まった身体に、じんわりと沁《し》みた。

併せて頼んだ卵焼きは、出汁《だし》と塩気が立っていて、蕎麦の味とよく合っている。

かけ蕎麦をもう一杯頼んでから、梅次郎が切り出した。

「姐《ねえ》さんらしくねぇな」

茜は顔を顰《しか》めた。我ながら、町名主に対してよく喋《しゃべ》ったと思う。いささか喋りすぎだ。

「仕方ないだろう。秋さんがいないのだから、私がどうにかしなければ話が進まない」

梅次郎がからかい混じりで、

「まあ、滅多に聞けねぇもんを聞かせて貰《もら》ったけどよ」

と前置きしてから告げた。

「そうじゃなく、江上屋でのことだ」

茜は、首を傾げることで、梅次郎を促した。

「随分あっさり、江上屋と大番頭の言い分を信じちまったじゃねぇか。あいつらの話を鵜《う》呑《の》みにして、お里さんの身の回りを探らせて、大丈夫かい。何か見つかっても隠されたら、どうするんだい」

「その心配はない。任せておいて構わないだろう」

「けどよぉ。修右衛門の惚《のろ》気《け》話を聞いて、照れてたじゃねぇか。姐さんも女子《おなご》ってことか」

梅次郎に、茜はひんやりと笑んで見せた。

「そう、見えるか」

絆《ほだ》された訳ではない。茜は、話を聞きながら、修右衛門と格兵衛の目の動き、何気ない仕草のひとつひとつを、拾い上げるように見ていた。

あれは、偽りも、隠し事もない「善人」の立ち居振る舞いだ。

昏《くら》いもの、後ろめたいものが少しでもあれば、茜には分かる。東慶寺に世話になる前は、そういったものを感じ取る技を叩《たた》き込まれていたのだ。

梅次郎は、軽く目を伏せて微笑み、呟《つぶや》いた。

「そういう顔をしてる時の姐さんが『心配ない』ってんなら、間違《まちげ》ぇねぇや」

それから梅次郎は顔を上げた。深めた笑みにほんのりと寂しさが混じる。

「江上屋の一件は、分かった。けどよ、姐さんが絆されたんじゃねぇのは、ちっとばっかし、寂しいよなあ。もうすっかり、寺へ来た頃の危なっかしい姐さんはいなくなったと思ってたのによ」

茜は、東慶寺にいついてすぐの頃の自分を、思い浮かべた。

あの頃は、誰も信じていなかった。命を狙った自分を許し、東慶寺に匿《かくま》ってくれた法秀尼の優しさも、嬉《うれ》しさよりも戸惑いの方が大きかった。

あの時。自分が命を奪おうとした法秀尼に声を掛けられた刹那《せつな》、救われた心地がしたというのに。

茜は、微苦笑を梅次郎に向けた。

「絆されたのが原因《もと》で、あっさり江上屋さんを信じるほうが、危なっかしいと思うが。現に梅さんはこうして、『江上屋』へ戻る前に蕎麦屋へ私を誘った」

梅次郎が、眉《まゆ》を八の字にしておどけた。

「参りやした。おっしゃる通りで」

すぐに不敵な笑みを浮かべて訊《き》いてくる。

「で。これからどうする」

茜は、うん、と軽く頷いた。

「江上屋さんに急ぎの文が届いた、というだけでは少し弱いな。もう少しあの町名主を揺さぶった方がいい」

「慌てて鎌倉へ駆けつけるくれぇ、尻《しり》に火を点《つ》けるってぇこったな。それで」

「梅さん。面白がってるだろう」

「とんでもねぇ。こういう悪巧みは姐さんに任せた方が確かってぇだけさ」

言うそばから、口許《くちもと》がにやついている。もう少し言い返してやりたいところだが、茜は話を進めた。

「分家の三男、菊蔵が『江上屋』さんに何を知らせてきたのか。文の中身を、あの町名主は気にしているだろうな」

よし来た、と、梅次郎が胸のあたりを拳《こぶし》で軽く叩いた。

「どうせなら、本当に、鎌倉から飛脚が来た風にした方がいいよな。その都合は、おいらが付ける。みんなあちこち飛び回ってるが、まあ、ひとりくれぇは捕まるだろう」

この男、松岡の寺飛脚の癖に、江戸の飛脚とどれだけ親しくしているのか。

茜は、まじまじと梅次郎を眺めた。

「よしてくれよ、姐さん。そんなに見惚《みと》れられちゃあ、さすがの俺も照れるじゃねえか」

茜は、「わかった、わかった」と底抜けに明るい飛脚を軽く往《い》なした。

拗《す》ねたように口を尖《とが》らせた顔が、剽軽《ひょうきん》で可笑《おか》しい。

笑いを堪《こら》えながら、梅次郎を促す。

「それじゃあ、飛脚の手配は頼む。今日中に届いた方がいいだろう」

「ところで、中身はどうするんだい」

「要らない」

「へ」

「修右衛門さんに一芝居打って貰えば、十分だ」

梅次郎は茜の目論見《もくろみ》を聞きたそうな顔をしたが、「まあいいか」とぼやき、立ち上がった。

『江上屋』さんで落ち合おう。飛脚を頼んでいるところを、町名主に見られるなよ」

茜が釘《くぎ》を刺すと、韋駄天《いだてん》と腕っ節が自慢の寺飛脚は、自慢げに笑んで見せた。

「誰に向かって言ってるんだい、姐さん」


一足先に、茜が「江上屋」の奥向きへ戻ると、主《あるじ》と大番頭の様子が一変していた。手代に案内された奥向きの居間で、修右衛門は険しい面持ちで宙を見据え、格兵衛はぐしぐしと、洟《はな》を啜《すす》っていたのだ。

「何が、あったのでしょう」

はっとして、格兵衛が茜を見やった。ばつが悪そうに眼をこすり、ぎこちない笑みを向けてくる。

「ああ、お戻りなされましたか、御名代様」

どうぞ、と促され、江上屋主従の向かいに腰を下ろす。

「厄介事ですか」

もう一度訊き返すと、修右衛門が大切そうに手にしていた二通の文を茜に差し出した。

「お里が、分家の言いなりになった訳が、分かりました」

そう告げた修右衛門の声は、哀しみ、憤り、慈しみ、様々な色合いで満たされているようだった。

「読ませていただいても」

静かに問う。

「どうぞ」

修右衛門の許しを得て、茜は文を丁寧に開いた。

一通は、前《さき》の内儀、お初からお里に宛てたものだった。

病を得、先が長くないことを悟った上で、奥向き、店、奉公人ひとりひとりのこと、そして修右衛門に対する細やかな指図に続いて、こんな風に書き添えられていた。

こんなことを、まだ若いお前に頼むのは酷だと、承知しています。本当なら、私がお里に、いい嫁入り先を探して、「江上屋」の身内として輿入《こしい》れさせてやりたかった。好いた相手がいるのなら、そのお人と幸せになれるよう、後押ししてやりたかった。それが叶《かな》わないのが、一番悲しい。そして、お里をこの店とあのひとに縛り付けるような頼みごとをしなければならないのが、申し訳ない。

でもね、お里。お前は私にとって、春の陽だまりのような娘だったの。一緒に笑って、一緒に腹を立てて、一緒に泣いて。それが、どれほど楽しかったことか。私の心にいつも寄り添ってくれるお前が、どれほどの支えになったことか。

その明るさ、柔らかさを、私の代わりに、あのひとに向けてはくれないかしら。

私がお里から貰《もら》った楽しさを、あのひとにも、分けてあげてはくれないかしら。

お里。どうか、お頼みします。

あのひとを、「江上屋」を、支えて下さい。

嚙《か》み締めるように、二度、茜はお初の文に目を通した。

穏やかで流れるような筆跡《て》から、お初の想いが伝わってくる。

お里への慈しみ。修右衛門への情。「江上屋」に対する思い入れ。

全て残して逝くのは、辛《つら》かっただろうな。

茜は心の中でお初に手を合わせてから、次の文を手に取った。

お里から、修右衛門へ向けたものだ。

お初の字とは違い、まろやかで可愛らしい筆跡だが、美しく読みやすいこと、そして書き手の想いがこもっているのは、お初の文と同じだ。

初めは、お初から文を貰った経緯《いきさつ》が綴《つづ》られていた。

お初が亡くなった後、お里がお初の箪笥《たんす》を片付けていて見つけたこと。文は、お初が修右衛門の為に勝手に立つ時には必ず袖《そで》を通し、いつまでも大切にしていた、着古してくたびれた小袖の間に隠されていたのだという。

＊

お初様が私への文を隠されていたのは、私を案じてのことだったのだと思います。

大店《おおだな》の奥向きを、身寄りも後ろ盾もない娘に背負わせるのは忍びない、と。

見つけなければ、それでいい。そう考えてくだすったのでしょう。

けれど私は、お初様の文を見つけられた。

お初様のお気遣い、それでも綴らずにはいられなかった、心残り。

二つながらに知ることが出来て、里は嬉《うれ》しゅうございました。

ですから、奥向きの女中として、一生かけて、お店と旦那《だんな》様を精一杯お支えする覚悟をいたしました。旦那様が新しいお内儀様をお迎えになったら、その方に心を込めてお仕えしよう、と思い定めてもおりました。

お初様の「お頼み」は、そういうことなのだろう、と。

それが思いもかけず、旦那様に見初めて頂き、ようやく自分の心に気づきました。

私は、ずっと旦那様をお慕いしていたのだ、と。

旦那様のお心が嬉しいと思ってしまった自分の浅ましさにも、気づかされました。

それからは、ただただ、自分の恐ろしい不義理がお初様に対し申し訳なく、涙にくれました。

お暇を頂戴《ちょうだい》しようとも考えました。

けれど、どうしても旦那様のお側を離れることができなかった。旦那様のお言葉がありがたく、嬉しく、そのお心に応《こた》えたかった。

後添えのお話をお受けしてから今日まで、私はお初様に心の中でお詫《わ》びし続けて参りました。

一生をかけてお初様にお詫びしながら、お初様のお望み通り、お店と旦那様をお支えしようと思っておりました。

そうして、あの世へ行った時に、改めて幾重にもお初様にお詫びをし、許して頂こうと思っておりました。

けれど、お天道様は私の不義理をお許し下さらなかったようです。

これは、お初様を裏切って旦那様のお側にいようとした、罰なのでしょう。

ですから、私がお暇《いとま》をさせていただくことで、お初様と旦那様のお立場、お店をお守りすることが叶うなら、喜んで鎌倉へ参ります。

ただ、これだけはお伝えさせてください。

御分家の方々は、お初様と旦那様の真心を捻《ね》じ曲げようとなさいました。

お初様が、常磐津《ときわず》のお師匠様と不義密通をされていた。それは、お初様の目を盗んで私が旦那様と逢瀬《おうせ》を繰り返していたことへの当てつけからであった、と。

それは誓って、根も葉もない、偽りでございます。

私が、旦那様をお慕いしていると自ら気づいたのは、旦那様から後妻《のちぞえ》にと言っていただいた時でございます。

けれどその話を読売に書かせると、分家の方々に言われてそれは、放っておくことはできませんでした。その話がたとえ偽りでも、噂になってしまえば、「江上屋」に、旦那様とお初様に傷が付きます。

なんとかして、御分家の方々の言い分が根も葉もない偽りだと証立《あかしだ》てようと、常磐津のお師匠様にお頼みし、お初様との不義密通なぞなかったと、分家の方々に話して頂こうとしたのですが、力足らず、叶いませんでした。

御分家の皆様は、私が旦那様を諦《あきら》めれば、不義密通の話は世に出さないと約束してくださいました。

どうか、お頼み申します。

私が鎌倉へ参った後、万が一、皆様がその話を持ち出してこられても、お信じにはならないでくださいまし。

お初様は、旦那様ただおひとりを思われておいででした。

そのお初様の真心だけは、お信じ頂き、お初様の名誉をお守りくださいまし。

今までふつつかな里を慈しんで下さり、お礼申し上げます。

江上屋で女中として、内儀として、過ごさせていただいた長の時、里は本当に楽しゅうございました。

これにて、お暇申し上げます。

＊

茜は、お里の文も、二度一字一字を確かめるように目を通し、そっと畳み直した。

茜が読み終えたところへ、梅次郎が戻ってきたので、修右衛門の許しを得て梅次郎にも目を通して貰った。

全て読み終えると、梅次郎は悲し気な溜息《ためいき》混じりに呟《つぶや》いた。

「ここまで覚悟を決めてても、寺の中門の前で、お里さんは迷ってた。余程、ご亭主とこの店から離れたくなかったんだろうなあ」

格兵衛が涙声で、呟いた。

「お初様は、今わの際に、手前のことまで気遣ってくださった。お里様は、お初様のお言葉通り、手前に幾度も甘酒を作ってくださった。ありがたいことでございます」

お初の文には、「格兵衛は無理が祟《たた》ると喉《のど》を傷める。休めと言っても聞かないので、生姜《しょうが》入りの甘酒を作って、飲ませてやって欲しい」と、甘酒の作り方が書き記してあったのだ。

しんみりしてしまっている格兵衛とは裏腹に、修右衛門は憤りの滲《にじ》む声で吐き捨てた。

「お里は、大馬鹿者でございますよ」

「旦那様」

取り成すように、格兵衛が修右衛門を呼んだ。

「そうだろう、大番頭さん。なぜ、ひとりであの浅い悪知恵ばかりが回る分家を相手にしようと思った。悪知恵など使ったことのないあれに、太刀打ちできる訳がなかろうに。どうしてひとこと、私に助けを求めてこなかったのだ」

「旦那様」

涙声で、格兵衛が再び修右衛門に声を掛けた。

修右衛門は、分かっている、という風に大番頭へ頷《うなず》いた。

それから、厳しい目を茜へ向けた。

「お里をお返し頂いても、よろしいですね」

茜は、敵意さえも感じられるその視線を正面から受け止め、答えた。

「経緯が分かっても、お里さんが得心なさらなければ、お返しすることはできません」

「なるほど。つまり、お里がお初に対して抱えている後ろめたさを、無くしてやればいい訳だ」

きっぱりとした修右衛門の言葉に、茜は微笑んだ。

「その前に、大掃除をしておきましょう。お里さんが安心してお戻りになれるように」

修右衛門がはっとして、茜を見た。

「引き続き、お助けいただけるのですか」

応えたのは梅次郎だ。

「乗りかかった舟から、降りる訳にゃあいきやせんよ。なあ、姐《ねえ》さん。じゃなかった、御名代」

茜は、梅次郎に答える代わりに、修右衛門に訊《たず》ねた。

「いくつか、伺いたいことがあります」

修右衛門と格兵衛が目を輝かせて、身を乗り出した。

修右衛門が勢い込む。

「何でも。何でも、お答えいたします」

二人の力の入り様に、茜はちょっと笑ってから訊ねた。

「ではまず、お初さんの常磐津師匠の住まいを。それから、こちらのお店で働き始めて日の浅いお人は、いらっしゃいますか」

格兵衛が、「はい、女中が幾人かおりますが」と応じながら首を傾げた。

「分家の方々がお里さんを脅すには、双方を取り持つ者がいたはずです」

格兵衛が、はっとした。

茜がにっこりと笑った。

「お心当たりが、あるようですね」

それから半刻《はんとき》ほど後、梅次郎が手筈《てはず》を整えた「鎌倉からの飛脚」が、修右衛門宛《あて》の文を届けに来た。

修右衛門と格兵衛は、店先でその文に関する遣《や》り取りを交わした。

差出人は分家の菊蔵。東慶寺での話し合いの時に、その座に入れて貰《もら》えるなら、自分が分家と町名主の企《たくら》みを白状すること。その代わり、約束通り兄たちを追い出し、古着屋を自分一人に任せて欲しい。

そう申し出てきたので、その話に乗ろう。

ざっと言えば、そんなところだ。

動いたのは、奥向きの女中だ。

格兵衛の話では、一番の新顔で、町名主、大野又三郎の口利きで雇った女なのだそうだ。

女は、そっと江上屋を出て、町名主の許《もと》へ向かった。

夜更け。

茜は、お初が常磐津《ときわず》を習っていた師匠の住まいへ忍び込んだ。

ひとり暮らしの優男で、呑気《のんき》に天井へ向けて高鼾《たかいびき》をかいている薄い胸へ、茜は膝《ひざ》を乗せた。

いきなり体に掛かった重みに驚き、優男が目を開けたところへ、右手で首を絞める。

かろうじて息はできるが、身動きもできず、声も出せない程の力を膝と右手で加減し、茜は男へ囁《ささや》いた。

「お前、江上屋乗っ取りに一枚嚙《か》んでいるそうだな」

何が起こった分からない風だった男の目に、怯《おび》えと狼狽《うろた》えが走った。

茜は続ける。

「欲深者の浅知恵は身を亡ぼす元だ。不義密通の相手と知れたら、お前も只《ただ》では済まぬこと、分かっているだろうに」

優男が、何か言いたげな目で茜を見る。

息が苦しいのか、男が弱々しく足をばたつかせた。

茜は、左手で懐から小刀を取り出し、男の喉に当てた。

ひ、と男の喉が鳴った。

「大人しくしていないと、うっかり首を切ってしまうかもしれないぞ」

低く脅してから、話を戻す。

「古着屋と町名主に、『只の噂でとどめるから、咎《とが》めは受けない。お初さんはこの世にいない。何の証《あかし》もないことだから、安心しろ』とでも言われたか。だが、根も葉もない不義密通の偽りが噂として広まるくらいだ。只の噂に思わぬ証が添えられることも、あるのじゃあないか。第一、妙な儲《もう》け話に乗って、あの大店《おおだな》『江上屋』から睨《にら》まれたらどうなるか。確かに、主《あるじ》は出来た人物と噂だが、不義密通となれば、話は別だろうなあ」

優男が、必死に目で訴えてきた。

茜は、殊更優しく囁いた。

「助けて欲しいか。だったら言う通りにしろ」

次の日の朝早く、お初の常磐津の師匠だった男が、修右衛門を訪ねてきた。何も言わずに受け取って欲しいと、米つきばったの様に這《は》いつくばって置いて行った証文には、「自分とお初さんは、常磐津のただの師匠と弟子で、浮いた間柄ではない。そんな噂が立っても、それは根も葉もない偽りだ」ということが、記されていた。

その証文を読んだ梅次郎が、「文字が、助けて、助けて、と叫んでいるようだ」と腹を抱えて笑った。

町名主が、出頭の日限よりも随分早く、東慶寺へ向けて出立したのを確かめ、茜と梅次郎も江戸を後にした。

*

呉服問屋「江上屋」内儀、里の駆け込みに関して、亭主、修右衛門の鎌倉入りが少しばかり遅れると知らせが届いた、日暮れの少し前。

逗留《とうりゅう》客の知己だという男が、御用宿「松本屋」を訪ねた。

男は、お里を見張っている四人を、東慶寺の表御門から脇に逸《そ》れた畑の奥、石段の隣に広がる竹林へ、連れ出した。

風が腹を立てているように竹の枝を大きく揺らし、五人の頭の上で、ざわざわと物騒な音を立てている。

辺りには薄闇が立ち込め、そろそろ、目を凝らさなければ互いの顔が見えづらくなってきている。

男――岩附町の町名主、大野又三郎は、そんな中「江上屋」分家の四人を見回した。

「一体、どうしたっていうんです、町名主様」

辺りを気にしながら、古着屋の長男、新八が囁いた。

「こんなところを誰かに見られたら、今までの苦労が水の泡だ」

次男の竹吉が、兄に続いた。

新八の女房、おのいは、風で揺れる薄暗い竹林を、恐々と見回している。

三男の菊蔵が、少し軽い調子で町名主を宥《なだ》めた。

「ここからの段取りは散々確かめたんだから、心配いりませんよ。お里だってすっかり観念したから、大人しくこの寺に駆け込んだんだ。大丈夫、お里はお初さんに大層恩義を感じている。裏切るはずなんざ、ありません」

じろりと、町名主が菊蔵を見た。

菊蔵が、じり、と後ずさりをした。ぎこちない薄笑いを浮かべ、

「な、なんです」

と訊《たず》ねる。

「自分の胸に手を当てて訊《き》いてみろ」

町名主の言葉を、菊蔵は繰り返した。

「胸に手を当ててって――」

「お里は裏切らないだろう。だが、お前さんはどうなんだい、菊蔵さん」

集まっていた者たちの視線が、一斉に菊蔵に向けられた。

菊蔵は、また後ずさりをした。

「わ、私が裏切るって、どこからそんな話が出て来るんです。兄弟や町名主さんを裏切って、何の得もありゃしないのに」

「そうかね」

冷ややかに、町名主が言い返した。

長男の新八が、町名主に訊ねる。

「一体、どういうことです」

町名主は忌々し気に菊蔵を睨み据えながら、まくし立てた。

「お前さん方の弟はね、私や兄たちを出し抜いて、『江上屋』と通じていたんですよ」

へ、と間抜けな声を菊蔵が上げた。

町名主が菊蔵の胸倉を摑《つか》んだ。

「惚《とぼ》けたって、こっちは全てお見通しなんだ。お前さん、ここからこっそり修右衛門さんに文を出したろう。内済の折に、寺役所へ一緒に入れてくれれば、私たちの企《たくら》みを白状する。その代わり、巧《うま》くいったら兄たちを追い出して、古着屋を自分ひとりに継がせてくれ。そんな取引を持ち掛けたんだよなあ」

町名主の言葉に、長男夫婦と次男が色めき立った。

「鎌倉に着いてから、妙にそわそわしていると思っていたんだ」

「お前、弟の分際で私たちを出し抜こうなんて、どういうつもりだ」

皆に詰め寄られ、菊蔵は、そわそわしてたのは鎌倉は初めてだったからだ、だの、兄さんたちを出し抜こうなんて思っちゃいない、何かの間違いだ、だの、必死で言い訳をしたが、既に頭に血が上ってしまった仲間は聞く耳を持たない。

どん、と、次男が菊蔵を突き飛ばし、菊蔵はみっともなく尻餅《しりもち》を突いた。

町名主が腕を組み、菊蔵を見下ろした。

「冗談じゃないよ。お前さんたちは、たかだか小さな古着屋を手に入れるか入れないか、の話だろうが、私は訳が違う。この筋書きを描いたのは私だよ。目論見に入用な金子《きんす》も用立ててやったんだ。その私を裏切ろうとはね。まったく困ったことをしてくれたね。お前さんたちが『江上屋』を乗っ取ったら、私にもそれなりの実入りを約束してくれるというから、話に乗ったんじゃあないか。それなのになんだい、ちっとも修右衛門さんは揺らがない。それどころか、目論見が修右衛門さんに知れてしまったら、町名主の座も危うくなってしまう。一体、どうしてくれるんだいっ」

「それは身から出た錆《さび》、ご自分でどうにかしなさい、としか言えませんわね」

ふいに、冷ややかだけれど怒りを孕《はら》んだ女の声が響いて、町名主と分家たちは一様に固まった。

示し合わせたように、そろりと声のする辺り——東慶寺の石段の方を振り向くと、そこには、眦《まなじり》を吊《つ》り上げている小柄な尼僧と、その尼を守るように、薙刀《なぎなた》を構えたふくよかな尼、そしてその傍らに、「鎌倉入りが遅れる」筈《はず》であった江上屋修右衛門の姿があった。

＊

茜は、秋山尼と桂泉尼、江上屋修右衛門から少し離れたところで、そっと様子を覗《うかが》っていた。法秀尼の警固役、つまりは裏方である自分が、駆け込みに直《じか》に関わることへ顔を出しすぎない方がいい。

とはいえ、窮鼠《きゅうそ》かえって猫を嚙《か》む、ともいうくらいだ。秋山尼は敏《さと》く、桂泉尼は腕に覚えがあるとはいえ、女子《おなご》だ。何かあればすぐに加勢できるように構えていなければ。

秋山尼が、あきれ果てた、というような苦い溜息《ためいき》をひとつ吐き、町名主と分家たちに向かって言い放つ。

「松岡で尼になってから、色々なお馬鹿さんを見てきましたけれど。お前様方も、遜色《そんしょく》ないお馬鹿さんぶりですこと。この松岡御所を使って身代乗っ取りを企むところまでは、無礼千万ではあるものの、見上げた腹の据わり振り――」

すかさず、桂泉尼が秋山尼を窘《たしな》めた。

「秋山尼様、無礼千万ぶりを褒めてどうするんです」

秋山尼は、ちらりと桂泉尼を見上げて、囁《ささや》いた。

「桂泉尼様、話の腰を折らないで下さいな。褒めたのは、皮肉です、ひ、に、く」

桂泉尼は、あら、ごめんなさい、と呟《つぶや》き、白くふっくらした指を唇に当てて黙った。

秋山尼が、こほん、と咳《せき》ばらいをし、再び顔色を失くしている町名主たちを見回す。

「いいですか。どこがお馬鹿さんかというと、まず、町名主のお前様。東慶寺の支配下にある御用宿を堂々と訪ねてきて悪巧み仲間を連れ出すなぞ、これから悪巧みをいたしますと、宿の者に断っているのも同じことですよ。それから、お馬鹿さんが雁首揃え、東慶寺の石段の目と鼻の先で言い争いを始めるとはねぇ。ここは役所も近い。東慶寺に向かって、手前共は、こんな悪事をこれから働こうとしておりますぅ、と、大声で叫んでいるのも同じだと、ほんの少し考えれば分かることでしょうに。せめて、もう少し遠くへ行ってから話せばいいものを」

ここで再び、桂泉尼が茶々を入れた。

「秋山尼様、悪知恵を授けるような真似は――」

じろりと秋山尼ににらまれ、桂泉尼は、また口にふっくらとした指を当てた。

「ああ、これも皮肉ですのね。失礼いたしました」

うほん、と年寄りのような空咳を挟み、秋山尼は再び、いいですか、と「お馬鹿さん」たちに向かった。

「お馬鹿さんは逃げ足が速いと聞きますので、言っておきますが、こちらの桂泉尼様は、こう見えて薙刀の使い手です。無傷で逃げおおせるとは、お考えにならないように。薙刀で切り刻まれたくなければ、この場で大人しくしていなさい。分かりましたか、お馬鹿さん方」

桂泉尼が、

「さすがに、切り刻みはしませんけれど。細かくしたら後片付けが大変ですから」

と、にっこり笑って恐ろしいことを言った。

秋山尼は嫌な顔をしたが、修右衛門は大層楽し気に笑った。

「御名代様や飛脚さんも楽しい人でしたが、尼様方も実に楽しい。いい御寺様でございますね、こちらは」

そう言ってから、修右衛門は清々《すがすが》しい笑みを、分家と町名主に向けた。

「お前さん方には、丁寧に礼をさせて貰《もら》います。ここまで綺麗《きれい》に白状して貰えたのなら、むしろ後腐れがない。お陰で、後始末を済ませたら、安心してお里を江戸へ連れて帰れます」

寺役所に設けられた、吟味所。

離縁について話し合うはずの、内済の座が、すっかり修右衛門の説教の場へと様変わりしていた。

その様を、茜は、法秀尼が吟味や内済の様子を確かめるための内見所から、法秀尼の傍らに控え、見守っていた。

修右衛門は、小さくなっているお里に、穏やかな声で、こんこんと言い含めた。

なぜ、自分に助けを求めずにひとりで収めようとしたのか。人の好《よ》いお里では、分家に太刀打ちできないと、なぜ分からなかったのか。

説教の中身は概《おおむ》ね、茜が江戸で聞いた修右衛門の台詞《せりふ》と変わらないが、それが事細かだった。お里自身の人の好さぶりを並べ、分家の悪知恵の例えを幾つも挙げ、町名主の性根の曲がり振りも、丁寧に言い連ねた。

お里は、しょんぼりと肩を落とし、俯《うつむ》いている。

時折、はい、すみません、と聞こえる声は、か細い。

「あの、もう、その辺りで――」

寺役人の喜平治が取り成そうとしたところを、秋山尼が、にっこりと笑って視線で止めた。

修右衛門はふと黙ると、細く長い溜息を吐き、寂し気にお里に訊《たず》ねた。

「それほど、私は頼りない亭主だろうか」

はっとして、お里が顔を上げ、修右衛門を見た。

「そんな」

その声は、先刻までの蚊の鳴くような声とはまるで別人のように、はっきりとしていた。

「そんなことは、ありません。旦那《だんな》様は、お優しくて、明るくて、とても頼りがいのある、お人でございます。旦那様がお側にいて下さるだけで、私は安心して過ごすことができました」

必死の面持ちで言い募るお里に、修右衛門は少し照れた様子で、「ありがとう」と微笑んだ。

そうして、優しく問いかける。

「私の側は、安心するだけかい」

お里は、ぽ、と頬を染め、何か言いかけたが、すぐに頬の赤みは消え、辛《つら》そうに俯いた。

「ねえ、お里」

修右衛門が、お里を呼ぶ。

「お初の文と、お前の文、読んだよ」

お里が、小さく震えた。

「私が思うに。お初はきっと、大切にしていた小袖《こそで》に、願いを託したのだと思う。お初は、お前自身が気づかなかった私への気持ちに、気づいていたのではないかな。そうしてお初は、大切にしていた、着古した小袖の間に文を仕舞った。お里なら、形見の仕分けを、ひとつひとつ心を込めてしてくれる。あの小袖をお初が大切にしていたことを、お前はよく分かっていたから、誰も見向きもしない小袖に隠した文を見つけてくれる。そんなお里だから、私もお初も大切にしてくれる。お初を忘れられないまま、お里を慈しむ私の身勝手な心ごと、包んで寄り添ってくれる。そう信じたのだと思うよ。だからお前にしか分からないところに、きっと見つけてくれると信じて隠した。分家の連中が形見分けと称して、自分の持ち物を荒らさないとも限らないからね。決して、お前に『江上屋』の内儀が務まるかどうか、荷が重いのではないかと、案じたのではないと思う。私がいずれお前に心惹《ひ》かれることもまた、お初は見通していたのだろうね」

それでも、お里は弱々しく首を横へ振った。

「私は、お初様へ不義理を致しました」

「本当に」

修右衛門が訊ねた。

「お初は、お前の心裡《こころうち》にお前自身が気づいていないことを、見抜いていなかったと思うかい。お前の真心を『不義理』と、感じたと思うかい」

お里が、顔を上げた。

修右衛門が、問いを重ねる。

「お初は、そんな狭量な女だったと、思うかい」

お里の眼から、ほろほろと、大粒の涙がこぼれ落ちた。

法秀尼が嬉《うれ》しそうに微笑み、お里を密《ひそ》かに後押しするように、小さく頷《うなず》いた。

「私と一緒に、店へ戻ってくれるね」

修右衛門の問いかけに、お里は幾度も頷いた。

お里の涙を乾かそうとする様に、そよ風が役所の中を吹き抜けていった。


寺役所で「柏屋」の饅頭《まんじゅう》を頬張りながら、茜と秋山尼、桂泉尼、喜平治が、梅次郎の話に聞き入っていた。

梅次郎は、お里が修右衛門と共に江戸へ戻ってから半月、新たな駆け込みの呼び出し状を届けたついでに、「江上屋」の様子を見てきたのだそうだ。

町名主の大野又三郎は、隠居の身となり、江戸から去った。跡を継いだのが、修右衛門が見込んだ、大野の分家筋の男だというのだから、皮肉な話だ。

江上屋の分家三兄弟は、そのまま古着屋に残ることになった。

それはお里の願いでもあったが、修右衛門の商いの才、人を使う才が導き出した答えでもあった。

「江上屋」で、大番頭が目を掛けていた手代が、番頭として古着屋へ入ったのだ。

番頭という形ではあるが、修右衛門の名代としての肩書も与えたから、分家たちは頭が上がらない。勿論《もちろん》、江上屋大番頭の格兵衛も、足繁く顔を出しては、睨《にら》みを利かせているのだという。

　おかげで三兄弟は、母親の許《もと》で行商をしていた時よりも小さくなって、真面目に働く羽目になっているそうだ。

　饅頭を詰め込んだ口で、梅次郎は言った。

「一切合切、修右衛門さんの差配だっていうんだから、ああいう人は怒らせちゃあ、ならねぇな。あの分家三兄弟、そのうち逃げ出すんじゃねぇか」

　茜は笑って首を横へ振った。

「いや。修右衛門さんが逃がさないだろう。他所《よそ》へ行ってまたよからぬ企《たくら》みを巡らされては、たまらない」

　秋山尼が、すかさず茶々を入れる。

「まあ、あのお馬鹿さんたちなら、大した企みにはならないでしょうけれど」

「それで、梅さん、お里さんと修右衛門さんは、睦《むつ》まじくされていますか」

　とは、桂泉尼だ。

「それがよう」

　梅次郎ががっくりと項垂《うなだ》れて、呟《つぶや》いた。

　何かあったのか。

茜たちは、互いに顔を見合わせた。

顔を上げた梅次郎は、にやりと笑って見せた。

「見てるこっちが、恥ずかしくなっちまうくれぇ、睦まじかったぜ」

寺役所を、明るい笑い声が包んだ。

駆込ノ三

梅雨もそろそろ明けるのだろうか、晴れと激しい雨が目まぐるしく入れ替わる日が続いている。

外の雨音に紛れるようにして、寺役人の喜平治が、ぽつりと零《こぼ》した。

「なんだか、厭《いや》な虫の知らせがしてならない」

暫《しば》く駆け込み女が途絶えていたせいで、暇を持て余している様子の寺飛脚、梅次郎が顔を顰《しか》めた。

御用宿の一方で饅頭屋を営む「柏屋」の名物饅頭に食いつきながら、喜平治に不平を言う。

「縁起でもねぇこと言わねぇでくれよ、平さん」

梅次郎につられるように、喜平治も饅頭へ手を伸ばしながら、難しい顔をして言い返す。

「仕様がないだろう。虫の知らせだろうが、厠《かわや》の知らせだろうが、するもんはするんだからよ」

「でもよ。平さんの『虫の知らせ』は、当たるじゃねぇか」

今度は、喜平治が難しい顔になる番だった。

二人揃って、食べかけの饅頭をちらりと見遣《みや》り、それから視線を合わせる。

梅次郎が呟いた。

「厄介な駆け込みなんざ、なきゃあいいがなあ」

喜平治が溜息《ためいき》混じりにぼやく。

「梅こそ、縁起でもないこと言うなよ」

＊

喜平治と梅次郎が、東慶寺寺役所で埒《らち》もない「虫の知らせ」話をした日の夕刻のことである。地面が水飛沫《みずしぶき》で煙《けぶ》るほど激しかった雨が嘘のように上がり、東にはくっきりとした虹《にじ》、西は綺麗《きれい》な茜色《あかねいろ》に、空が彩られた中、二人の女が次々と東慶寺の境内に駆け込んできた。法秀尼に使いを頼まれ、茜が寺を空けていた時のことだ。

寺役人の喜平治の話では、どちらの女も、顔、手足、腹、背、あちこちに酷《ひど》い痣《あざ》を作っていた。

ひとりは、名をおつると言った。歳は三十二、住まいは川崎《かわさき》宿近く。九十《くじゅう》という、四十手前の大工の女房である。

おつるには、近くまでついてきた男がいた。

三十になるかならぬか、職人風の男は、おつるを庇《かば》うように東慶寺の前までやってきて、怯《おび》えた目で後ろを気にするおつるを励まし、境内へ急がせた。

おつるが無事、境内へ入ったのを見て、男は安堵《あんど》したように笑い、姿を消した。

もうひとりの駆け込み女の名は、お延《えん》。おつるに四半刻程《しはんとき》遅れて、駆け込んできた。

お延には、口の端が切れた痕《あと》があった。お延は二十五で、大坂《おおざか》で画師をやっている男の女房だという。画師の名は、小野田東秀《おのだとうしゅう》。お延には付き添ってきた男も、後を追いかけてくる亭主の姿も、なかった。

二人とも「柏屋」へ預けられ、医術の心得がある尼僧が二人の怪我の具合を診た。

その尼僧の話では、痣は古いものも新しいものもあり、恐らく大概は殴られたり、蹴《け》られたりした痕だろうということだった。

女たちは言葉少なだったけれど、どちらも亭主の乱暴に耐えられず、東慶寺を目指したことは打ち明けてくれた。

梅次郎は、呼び出し状を届ける支度を始めながら、「やっぱり平さんの『虫の知らせ』にゃあ、間違いがねぇ」とぼやいていた。

そして今、茜は法秀尼の居室で、桂泉尼、秋山尼と共に、法秀尼を囲んでいる。

法秀尼が、哀し気な目をして訊《き》いた。

「二人の怪我の具合は」

桂泉尼と秋山尼、ふたりの視線を受け、茜が答えた。

「歩いて、東慶寺《ここ》まで来られたくらいですから、大したことはありません」

そう、と応じた法秀尼は、哀しさを纏《まと》ったままだ。

「それでも、痛かったでしょうに」

秋山尼が、昏《くら》い目をして頷《うなず》いた。

「殴られる。蹴られる。それが続くと、恐ろしさに心が縮こまるんです。縮こまってしまった心は、痣や切り傷よりも痛いものです」

秋山尼の言葉は静かに凪《な》いでいる。それでも、傍らの桂泉尼は秋山尼を励ますように、そっと小さな手へ、白く柔らかな手を重ねた。

秋山尼は、東慶寺への駆け込みを幾度かしくじっている。そのたびに亭主に蹴られ、姑《しゅうとめ》に心張棒で殴られたのだと、ここに集まる皆は承知していた。

法秀尼の瞳《ひとみ》が、柔らかくなった。

「それでも、秋は縮こまった心を、自らのびやかに戻した。その強さは尊いものですよ」

「はい」

嬉《うれ》しそうに答えた秋山尼の頭を、桂泉尼が「よしよし」という風に、撫《な》でる。

「子ども扱いしないでくださいな、桂さん」

「あら、嬉しい癖に」

そんな二人の遣り取りは、いつもながら微笑ましい。

少しの間、仲の良い尼僧の様子を、法秀尼と二人で眺めてから、茜は話を「二人の駆け込み女」へ戻した。

「おつるさんとお延さん、それぞれ厄介です。おつるさんは付き添ってきた男がいましたが、垣間《かいま》見た限りでは、互いに好き合っている仲かと」

法秀尼の顔が曇る。

「不義密通ですか」

桂泉尼が呟《つぶや》いた。

「それが本当なら、少しばかりまずいことに。ご亭主のおつるさんへの狼藉《ろうぜき》も、不

「義密通ゆえだと言われてしまえば、理はご亭主にあることになりますわね」

不義密通――夫婦、許婚《いいなずけ》など、明らかに決まった相手のある女が他の相手と通じることは、女も、密通相手の男も、表沙汰《おもてざた》になれば重い咎《とが》が科せられ、不義密通をされた亭主が女房と間男《まおとこ》に乱暴狼藉を働いても、許される。

だから、例えば、間男と所帯を持ちたいからという理由《わけ》で駆け込まれると、東慶寺としては実にありがたくない。

寺が咎人の片棒を担ぐことになるし、そんな駆け込みの内済は、間違いなく揉《も》める。

きりきりと眦《まなじり》を吊《つ》り上げ、秋山尼が言った。

「それで、その男はおつるさんを寺へ押し付けて、自分は逃げたんですか」

茜は苦笑を零しながら秋山尼を宥《なだ》めた。

「そうとは限らないでしょう。門番の三吉《さんきち》さんの話では、男は大層おつるさんを気遣っていて、無事中門を潜ったのを確かめた後も、名残を惜しむように暫く境内へ視線をやっていた、と。不義密通が知れれば、おつるさんに咎が及ぶことを案じて姿を消したのかもしれませんし、好き合っているというだけで、不義密通ではないかもしれない」

秋山尼が、まじまじと茜を見た。

茜はちょっと身体を反らせて、「何です」と秋山尼に問うた。

秋山尼は、にんまりと笑って答えた。

「いえ。相変わらず、初心《うぶ》でいらっしゃるなあ、と思って」

「そういうことではなく――」

言い返そうとして、茜は肩を落とした。

初心だの晩熟《おくて》だの、男女の機微に疎いだの。そんな話でからかわれるのは、もう慣れた。気を取り直して、茜は話を戻した。

「いずれにしろ、不義密通であるか否か、確かめることが一番でしょうね」

法秀尼が、静かに遣り取りに入ってきた。

「おつるは、何と申しているのです」

茜が溜息《ためいき》を堪《こら》え、法秀尼に答える。

「それが、そんな男なぞいなかった、と」

桂泉尼が、溜息混じりで呟いた。

「おつるさんも、お相手を庇っているという訳ですか」

秋山尼の声音は苦々しい。

「庇うということは、いよいよ不義密通の色合いが濃くなってきましたわね」

法秀尼が、ちょん、と首を傾げた。

茜が身構えるまでもなく、やけに稚《いとけな》い顔つきの法秀尼に「茜」と、呼ばれた。

分かってる。この顔をしている時の法秀尼の「頼みます」に勝てる者は、東慶寺にはいない。

茜は、諦《あきら》めの気持ちで自ら申し出た。

「その男、捜してみましょう」

法秀尼が嬉しそうに笑う。

「そう言ってくれると、思っていました」

邪気のない声音に、桂泉尼と秋山尼が目を見交わしながら、笑いを堪えている。

「お延の方は、どうです」

桂泉尼が笑みを引っ込めて、呟いた。

「どうして、遥々《はるばる》大坂から東慶寺までやってきたのでしょう」

すかさず、秋山尼が答える。

「それは、上野国《こうずけのくに》よりも、松岡が近かったからでしょう。珍しいですが、遠方からの駆け込みもない訳ではありませんし」

公儀お墨付の駆け込み寺は、日ノ本に二つのみ。ここ、松岡東慶寺と、上野国満《まん》徳《とく》寺《じ》だ。

だから秋山尼の言うことはもっともだが、桂泉尼が首を傾げた通り、大坂は遠い。

女から離縁する手立ては、駆け込み寺しかない。とはいえ、町名主、村名主、あるいは武家や菩提寺《ぼだいじ》なぞに助けを求め、間に入って貰《もら》えば、うまく離縁が整うこともある。

つまり、駆け込み寺を目指す女は、そういった周りの助けが得られないか、周りの助けが通じない程拗《こじ》れている、ということだ。

女ひとり、無理をして大坂からやってきたということは、よほどの経緯《いきさつ》があるのだろう。

もしくは――。

考えに耽《ふけ》りかけた茜を、法秀尼の声が引き戻した。

「では、呼び出し状が先方に届くまでに、随分かかりますね」

秋山尼が「はい」と応じる。

「早飛脚を使う訳にもいきませんから」

早飛脚は、幾人もの飛脚が手紙を引き継ぎながら文を届ける。大坂までなら最も早くて丸二日で届くが、何しろ料金が高い。呼び出し状の飛脚代は届け先持ちだから、懐具合によって払えないとなっても、困る。

呼び出し状を寺飛脚ではない者が、亭主方に渡すというのもよろしくない。

女房が駆け込み寺へ助けを求めたことに、泣いたりわめいたり、取り乱す亭主も多い。また呼び出しに応じることを渋られたり、呼び出し状を破り捨てられたり、飛脚に食って掛かることもある。そういった時に、ただの飛脚では巧《うま》く収めることができないだろう。

「仁助《にすけ》さんが向かってくれるそうです。恐らく十日のうちには届くかと」

秋山尼が言い添えた。

「では、差し当たっては、おつるの駆け込みですね。そちらの呼び出し状は」

「梅次郎さんが、行ってくれます」

桂泉尼の返事を聞き、法秀尼が茜を見た。

「茜。誰か供をつけますか」

茜は、いいえ、と首を横へ振った。

「おつるさんの不義密通相手かもしれない男を捜すとなれば、表立って東慶寺の者として動かない方がいいでしょう。此度《こたび》はひとりでやります」

法秀尼は、少し心配そうな顔をしたものの、すぐに頷《うなず》いた。

「分かりました。では、間男は茜に任せましょう」

法秀尼の口から大真面目な物言いで「間男」なぞという言葉が出たものだから、桂泉尼と秋山尼は、居心地悪げに顔を見合わせた。

雨に押されたか、境内を渡る、いつもの清々《すがすが》しい風が止んでいる。

茜は、首の後ろがちりちりと粟《あわ》立ったことが、気にかかった。


川崎へ向かうまでもなく、間男の素性は次の日の午《ひる》、すぐに知れた。

東慶寺の周りをうろつきながら、境内の様子を覗《うかが》っている男の気配に、茜が気づいたためだ。

「何者。ここを松岡御所と知っての振る舞いか」

厳しく誰何《すいか》をすると、男は飛び上がるほど驚いた。そのまま逃げるかと思いきや、茜に縋《すが》るようにして近づいて来た。

「お前さんは、こちらの御寺様のお人でございやすね。昨日、こちらに駆け込んだおつるさんってぇ女子《おなご》は、どうしておりやすか」

茜は、男から一歩下がってから確かめた。

「お前様は、おつるさんの駆け込みに付き添ってきたというお人ですか」

男は、はっとして、視線を泳がせてから、腹を決めた様子で茜に向かった。

「へい。大工の浪吉《なみきち》と申しやす」

茜は少し考えて、御用宿「仙台屋」の一室を借りることにした。

本当に不義密通を犯しているのなら、「役所」と名の付く東慶寺役所では本当の話は聞けないだろう。「柏屋」はおつるがいるし、「松本屋」は、おつるの亭主、九十が来ることになっている。梅次郎は今朝出かけたばかりだから、まだ鉢合わせをする心配はない。だが、こじれそうな駆け込み、乱暴狼藉《ろうぜき》を働きそうな亭主に対しては、念を入れて入れすぎるということはないのだ。

浪吉は、歳は二十八。九十と同じく川崎で大工をしていて、浪吉の師匠とおつるの亭主、九十は日頃からいがみ合っているのだという。

浪吉は、必死になって茜に訴えた。

「九十さんは、酒が入らなきゃあ、優しくっていい人なんだって、おつるちゃんは言うんです。けど、酒が入って手前《てめ》ぇの女房に殴る蹴《け》るの乱暴を働くんじゃあ、いい人もくそもありゃしねぇ。本当に女房が大ぇ事《でじ》なら、乱暴働く原因《もと》になる酒なんざ、一滴だって呑《の》まねぇはずでしょう。初めは、平手でほっぺた張り倒すだけだったそうですが、ここんとこ、九十さんの乱暴が急に酷《ひど》くなってきた。腹を蹴られて動けなくなったって聞いて、おいらがおつるちゃんに勧めたんでさ。東慶寺様を頼っちゃあどうだって。そうでしょう。女子の腹を蹴るなんて。放っておいたら、おつるちゃんは九十さんに殺されちまう」

浪吉は、すっかり頭に血が上っている様子だ。茜はさりげなく話を変えた。

「浪吉さんは、江戸のお人ですか」

浪吉は、ちょっとばつが悪そうに笑って頷いた。

「江戸で生まれ育った訳じゃあ、ありやせん。生まれは川崎で、おつるちゃんとは小《ち》っちぇえ頃からよく遊んだ仲でした。親方んとこで修業して、大工の腕一本で一旗揚げようってぇ江戸へ出たはいいが、あっしにゃあ江戸の水はどうにも合わなかったんでさ」

「それで、川崎の親方の許《もと》へ戻った、と」

「へぇ。江戸の言葉はなかなか抜けやせんが」

殊勝に頷いてから、浪吉は思いつめた声で呟《つぶや》いた。

「江戸になんざ、出なきゃあよかった。あのまんま、親方んとこで大工続けて、おつるちゃんの側にいたら、あんな辛《つら》い目に遭わせたりしなかった」

「浪吉さんは、おつるさんのことを、ずっと好いていらした」

浪吉は、ぎょっとした風に茜を見た。かあっと、頬、首筋、耳朶《みみたぶ》まで赤く染め、ふい、と明後日《あさって》の方を向いて、「へぇ」と小さな声で応じた。

「おつるさんも、浪吉さんに惚《ほ》れていらっしゃるのですか」

浪吉は、寂しそうに、ほろりと笑った。

「さあ、そいつはどうでしょうか」

「寺役人や門番には、お二人が想い合っている風に見えたようですよ」

いやあ、と首を横へ振った浪吉には、先刻とは打って変わって、照れの色は欠片《かけら》も見えない。

「きっと、九十さんや駆け込みのことで、あっしに頼ってくれてるから、そう見えたんでございやしょう」

自分たちが不義密通を疑われているとは、まったく考えていない様子だ。

茜は、もう一押ししてみた。

「それでも、おつるさんが寺へ駆け込んで内済にしろ寺法にしろ、離縁が整えば――」

――」

茜の話の腰を折って、浪吉が訊《たず》ねた。

「ないさい。じほう、ってのは、一体」

茜は、浪吉の目の色、顔つきを念入りに確かめながら、訊《き》き返した。

「御存知ではありませんか。東慶寺へ駆け込めばすぐに離縁が整う、という訳ではありません」

「へぇ。それは知っておりやす。足かけ三年、丸二十と四月《よつき》、寺で暮らさなきゃあならねぇんですよね」

「それは、寺法離縁というものです。まずは、内済と言って、ご亭主やお身内などを呼び出し、話し合って貰《もら》います。そこで元の鞘《さや》に収まることもあれば、話し合いがまとまって離縁になることもあります。内済離縁が整えば、二年東慶寺で辛い修行の日々を送らずともいい」

浪吉は、考え込む顔で呟いた。

「そうでごぜぇやすか。内済離縁」

茜は、言いかけた問いの続きを、口にした。

「おつるさんと九十さんの離縁が整えば、浪吉さんがおつるさんを嫁に貰うことも叶《かな》うのではありませんか。こう言っては何だが、三十を過ぎた出戻りの女子に縁談となれば、当人も御実家も、大喜びでしょう」

敢《あ》えて、意地の悪い言葉を選んでみたが、浪吉は全く顔色を変えず、首を横へ振った。

「他の男なら、そうかもしれやせん。でも、あっしはおつるちゃんと所帯を持つことはできねぇ。いくら、親方と九十さんの折り合いが悪くたって、大工同士の付き合い、通さなきゃならねぇ筋ってもんが、ありやす」

「つまり、九十さんは、おつるさんとの離縁を承知することはあっても、女房をそそのかして東慶寺へやった当の浪吉さんに嫁入りするのは許さない、ということですか」

浪吉を揺さぶるためのきつい言葉にも、浪吉は穏やかに答える。

「川崎は、江戸ほど大工の数は多くはありやせんから、あっしが川崎で大工としてやってくのなら、それくれぇの筋は通さなきゃあならねぇ」

「浪吉さんは、それでいいんですか」

九十に恨まれることが分かっていて、東慶寺までおつるを守ってやってきた程の想いを、捨てることができるのか。

茜の問いに、浪吉は悲しいくらい澄んだ声で答えた。

「おつるちゃんが幸せなら、それでいいんでさ」

どれほど言葉で、視線で探っても、浪吉からは不義密通を犯した後ろめたさや昏《くら》い熱は感じられない。

茜は、それ以上浪吉を問い詰めることを諦《あきら》めた。

茜が口を噤《つぐ》んだのを見て、浪吉が訊いた。

「おつるちゃんは、東慶寺で何か困っちゃあいやせんか。働き者だから、寺の修行はそんなに苦にならないとは思いやすが、九十さんの影におびえちゃあいねぇかと」

茜は少し笑って告げた。

「寺入りは、内済離縁が整わず、足かけ三年寺で過ごすことが決まったお人のみです。今は、御用宿で休んで貰っています」

茜の言葉を聞いた途端、浪吉が浮足立った。

「え、それじゃあ、九十さんが鎌倉へ着いたら、鉢合わせしちまうんじゃ――。またおつるちゃんが殴られちまう」

茜は、少し笑って浪吉を宥《なだ》めた。

「離縁を望んでいる女人とそのご亭主が宿で顔を合わせることは、ありません。御用宿は東慶寺の支配下にある宿ですから万事心得ています。どの宿におつるさんがいるのか、浪吉さんにお知らせすることはできませんが、勿論《もちろん》ご亭主にもお教えしません。ご心配には及びません」

そうですか、と胸を撫《な》でおろした風の浪吉だったが、まだ心配そうに視線をさ迷わせている。

茜は浪吉に切り出した。

「ご心配なようなら、この宿で様子を見守ったらいかがです。内済の座に呼ぶことはできませんが。よろしければ宿の主《あるじ》に話を通しておきます。どちらにしろ、決着がつくまで辺りをうろつくおつもりだったのでしょう」

まだ、浪吉とおつるが不義密通を犯していないと、はっきり見定めた訳ではない。足止めをしておくのに、越したことはない。

そういう腹積もりもあっての誘いだ。

だから、「茜や寺の厚意」だと信じて疑わず、喜んで礼をいう浪吉の姿に、茜の心は少しだけ痛んだ。

おつるの亭主、大工の九十へ東慶寺の呼び出し状を届けに向かった梅次郎は、その日の午過《ひる》ぎに東慶寺へ戻ってきた。

早速、九十の様子を訊きに役所へ向かった茜に、梅次郎は、疲れた顔も見せずに笑って言った。

「正直、拍子抜けだったぜ」

女に手を上げ、足蹴《あしげ》にする野郎だ。開口一番怒鳴り散らされるか、胸倉のひとつでも摑《つか》もうとするのではないかと、いつにも増して身構えて訪ねたのだという。

九十は、がたいのいい、しめ縄のような腕をした男だった。

梅次郎は油断なく、東慶寺の使いだということ、おつるが寺へ駆け込み、離縁を望んでいることを伝え、呼び出し状を渡した。

すると九十は、丁寧に頭を下げ、「あっしの女房がお手数をお掛けしやした」と詫《わ》び、飛脚代も、梅次郎が切り出すより早く、随分と上乗せして渡してくれたのだという。

喜平治が腕を組んで唸《うな》る。

「女房に殴る蹴るをするような野郎じゃねぇってことかい」

「いんや」と、応じた梅次郎には迷いがない。

「ありゃあ、やってるぜ。女房子供に乱暴する奴の中にゃあ、妙に外面がいい奴ってのがいるもんだ。そういう奴に限って頭の出来がいい。多分、酒に酔って手を上げてる訳じゃねぇな。酒癖が悪い振りして、分かってやってる、性質《たち》の悪ぃ《わり》奴だ」

喜平治が、軽い溜息《ためいき》を吐いた。

「いつもながら感心するがよ、呼び出し状届けただけで、よくそこまで分かるなあ。一体、どこを見るんだい」

梅次郎の「厄介な奴かどうか」の見極めは、殆《ほとん》ど勘のようなものだが、これが存外よく当たるのだ。

梅次郎が、珍しく照れたように口ごもった。

「まあ、どこって訊かれても、なんとなくとしか言いようがねぇんだけどよ。強いていやあ、目、かな。九十って大工の目の据わりっぷりに、かえってぞっとしたってぇか、まあ、そんなとこさ」

喜平治は、へぇ、と感心した風で頷《うなず》いた。

梅次郎は、ぽりぽりとこめかみを掻《か》いてから、面を改めて茜を見た。

「亭主は明日、こっちに着くそうだぜ」

分かった、と茜は頷いた。

「『柏屋』さん、『松本屋』さんには気を付けるように、伝えておく。喜平治さん、役所と表御門、裏門の警固を、念入りにしてください。暴れられては面倒だ」

喜平治もまた、頬を引き締めて頷いた。

「お任せください。念のため、境内もお気をつけて」

茜は喜平治に頷き返し、事の次第を法秀尼へ知らせるべく、立ち上がった。


次の日、寺役所へやってきた九十は、梅次郎が言った通り、折り目正しく穏やかな男であった。

梅次郎にしたように、自分の女房が厄介を掛けたことを丁寧に詫び、役所では役人の話に静かに耳を傾け、離縁に向けた話し合いにも二つ返事で応じた。

道中、巾着切《きんちゃくき》りに遭って足止めを食らい、鎌倉入りが少し遅れている町名主を待って、内済の話し合いが持たれることになった時も、分かりましたと頭を下げた。

それまでは「松本屋」で待つように告げた折には、「女房は今、どこにおりますか」と、平坦《へいたん》な声で訊《たず》ねた。「それは教えられない」と伝えると、あっさり「そうですか」と引き下がった。

今までの駆け込みと比べても、格段に聞き分けのいい亭主である。

それでも、茜は強く感じた。

この男は、危ない。

同じことを、尼僧たち、役人、そして御用宿の者たちも多かれ少なかれ感じたようだ。

秋山尼も桂泉尼も、厳しい顔で九十の細かな振る舞いまで見ていたし、「松本屋」の奉公人は、硬い顔で九十を目で追っていた。

喜平治は、茜に向かって耳打ちをした。

「こいつは、梅の言う通り気を付けた方がいい。奴《やっこ》さん、随分と物騒だ」

東慶寺の表御門、裏門の警固を引き締め、「松本屋」とおつるのいる「柏屋」には寺役所から腕に覚えのある役人をひとりずつ、差し向けた。

張り詰めた気配の中、騒動が起きたのはその日の夕刻、「仙台屋」でだった。

「松本屋」から東慶寺へ、九十の姿が見えないと知らせが来たのと合わせるように、「仙台屋」が騒がしくなったのが伝わってきた。

茜が梅次郎と共に駆け付けると、「仙台屋」入り口の土間で、浪吉に馬乗りになり、拳《こぶし》を振るっている九十が目に入った。

「仙台屋」も御用宿の端くれだ。取り乱し、女房に会わせろと騒ぐ逗留《とうりゅう》客を宥め、抑える術《すべ》は心得ている。だが、九十には手を焼いているようだ。
茜は、九十の後ろに回り、振り上げた拳を捉《とら》えた。
ぎっと振り返った九十の双眸《そうぼう》は、熱に浮かされているように血走っていた。
浪吉に向けていた「敵意」が自分に移ったことを、茜は感じ取った。
顔つきひとつ変えずに、九十が茜の手を振り払おうと、捕えられた腕を振った。
茜は敢《あ》えて、その手を離した。
梅次郎が、ぐったりと倒れたままの浪吉を助け起こし、九十から遠ざけた。
しめ縄のような腕の先の、岩のような拳が、茜の顔に向けて繰り出された。
遠巻きにしていた女中が、小さな悲鳴を上げたのが聞こえた。
茜の顔に拳が届く半尺手前で、茜はその拳を掌《てのひら》で受け止めた。
九十が、はっとした顔をした。
「か弱い女は、殴り放題だとでも思ったか。残念だったな」
茜は冷ややかに、告げた。
九十の顔が歪《ゆが》んだ。
再び振り払おうとした拳を、茜は今度は離さなかった。
九十が、右の足を上げ、茜の腹目がけて蹴り出した。

茜は、九十の拳を捉えたまま、体《たい》を開いて九十の蹴りを避《よ》けた。その流れに任せ、九十が襲い掛かった勢いを使って、九十の鳩尾《みぞおち》に膝《ひざ》をめり込ませる。

ぐう、と低いうめき声を上げて、九十がその場に蹲《うずくま》った。

梅次郎が渡してくれた縄で、九十の両の手を後ろ手に縛り上げる。九十は、それが心外だというように、もがいた。

梅次郎が、感心したように呟《つぶや》いた。

「呆《あき》れたねぇ。姐《ねえ》さんの膝蹴りをまともに食らって目を回さねぇなんてよ」

腹を押さえ、背中を丸めた格好で、九十は茜を見上げた。額に、脂汗が滲《にじ》んでいる。

「女房は、大人しく亭主の言うことを聞いていれば、いいんだ」

うめきの混じる声で、九十は悪態を吐いた。

「口答えをした、あいつが悪い。言って分からなければ、しつけをする。それが亭主の務めだ」

顔を腫《は》らし、目の上を切り、それでも苦し気な息で言い返そうとした浪吉を、梅次郎が止めた。

茜は、ひんやりと九十に訊《き》いた。

「だったら、なぜ浪吉さんに狼藉《ろうぜき》を働いた」

ふん、と、九十は茜を嘲笑《あざわら》った。笑った拍子にみぞおちが痛んだのか、小さくなって呻《うめ》く。

「そ、の男は、間男だ。不義密通を働いた女房と間男を亭主が好きにして、何が悪い」

遠巻きにしていた「仙台屋」の奉公人、様子を覗《うかが》っていた通りすがりの野次馬たちが、ざわりと、ざわめいた。

まず、ひそひそと言葉を交わしたのは、野次馬だ。

――間男だってよ。

――東慶寺は、不義密通をしでかした奴らの世話もするのかい。

その囁《ささや》き合いを聞いて、奉公人たちも浮足立つ。

――不義密通の女が、駆け込んできたのか。

――間男が、御用宿に何食わぬ顔をして逗留していたなんて。

――何か、聞いてるかい。

――御所からは何も。

――旦那様《だんな》はご存じなのだろうか。

まずいな。

小さな焦りが、茜の頭の隅を過《よぎ》る。

東慶寺は、院代の法秀尼を芯《しん》に、中門内の寺役所、そして三軒の御用宿が一枚岩だからこそ、上手《うま》く回っている。

それは法秀尼の人柄ゆえであり、また、人を見る目と駆け込みを捌《さば》く仕組みを作り上げた、その才ゆえである。法秀尼がいるからこそ、そして法秀尼の作り上げた仕組みがあるからこそ、役所も御用宿も、安心して駆け込み女の為に働いてくれる。

とはいえ、元々は、各々ばらばらだったものだ。東慶寺が荒れ、好き勝手がまかり通っていた時から、たったの三年。

一枚岩に亀裂《きれつ》が入るのは、恐らく容易《たやす》い。

茜は、周りに聞こえるように少し声を張った。

「駆け込まれた亭主は、みなそうやって『自分は悪くない』と言い張るものだ」

「なん、だと」

茜が九十の目の前にしゃがんで、その顔を覗《のぞ》き込んだ。じっと、血走った眼を見返す。

威勢が良かった九十が、顔色を喪《うしな》った。

「仮に、お前の言い分が正しいとしよう。ならば、私に狼藉を働こうとしたのは、悪事ではないのか。私も、か弱い女子だぞ」

顔見知りの女中が、笑いを堪《こら》え損ねたのか、ぷっと小さく噴き出したが、九十はいよいよ怯《おび》えた様子になる。

浪吉を介抱していた梅次郎が側へやってきて、九十を宥《なだ》めた。

「何も口ごたえしねぇ方がいいぜ。こういう目をしてる時の姐さんは、そりゃあおっかねぇんだ」

九十が頷《うなず》くことはなかったが、憎まれ口を叩《たた》くこともなかった。

御用宿に大きな害はなく、浪吉がことを荒立てないでくれと申し出たこともあり、九十は「松本屋」に戻された。九十は部屋から納戸へ移され、鍵《かぎ》を掛けた上で納戸の前にも見張りが置かれた。

「仙台屋」に帰った浪吉もまた、部屋の前に見張りが立てられることになった。

九十の訴えを「仙台屋」の者たちも聞いている。それは、無下にはできない。

浪吉は、断じて不義密通は犯していないと訴えたものの、寺役所の裁定に大人しく従った。

一方で、九十が騒ぎを起こしたことを知ったおつるの怯えは尋常ではなく、身柄を逗留《とうりゅう》先の「柏屋」から念のため東慶寺に移すことにした。

九十は押し込めてあるが、万が一ということもある。

そもそも九十は、おつるを捜して「仙台屋」へ出向き、浪吉と鉢合わせをしたということらしい。

おつると同じ日に駆け込み、「柏屋」へ逗留していたお延もまた、おつるについて境内に入った。二人は同じ身の上同士で気が合ったようで、おつるがお延と離れるのをいやがったのだ。

二人、とり分けおつるの怯え様が酷かったこともあり、おつるの頼みを、寺が受け入れた。

次の日の「松本屋」。

朝餉《あさげ》を運んだ男が、納戸で九十の骸《むくろ》を見つけた。

首には細い縄のようなもので絞められた痕《あと》が、くっきりと残っていた。

一方、「仙台屋」からは、浪吉の姿が煙のように消えていた。

どちらも、見張りに抜かりはなかったという。

「寺社奉行殿から、十日の猶予を頂きました」

寺役所で、法秀尼がおっとりと告げると、喜平治と梅次郎、秋山尼は、皆戸惑ったように顔を見合わせた。

「あの、それはどういう」

秋山尼が、そろりと訊く。

法秀尼は、品の良い笑みを微《かす》かに浮かべているだけで答えない。

桂泉尼と茜は目顔で頷き合い、桂泉尼が言葉を添えた。

「本来ならば、すぐさま寺社奉行様のお調べが入るところなのですが、まあ、駆け込み寺という、込み入った場所柄ということもあり、この一件について、まずは引き続き御所に任せる、というお達しがあったんです」

「御所に任せるって、そんな。どこに人殺しが潜んでいるかも分からないのに」

震える声で、秋山尼が訴える。

梅次郎が、静かに口を挟んだ。

「十日の猶予。そして、桂泉尼様が御存じで秋山尼様が初耳なのは、つまり院代様が、水戸様の御力を使って奉行所に働きかけた、ってぇことですか」

桂泉尼は、水戸家から法秀尼に付き従って東慶寺へ来た。梅次郎はそこから察したのだろう。法秀尼の命《めい》を受けて、桂泉尼が動いたのだ、と。

法秀尼は、やはり答えない。

仕方なく、今度は茜が答えた。

「御用宿には、内済を控え怯えている女子《おなご》がいる。役人とはいえ、境内に男をそうそう入れさせる訳にもいかない。まずはこちらに任せて貰《もら》った方がいいだろう」

「でも」

秋山尼が悲鳴のような声を上げ、ちらりと法秀尼を見てから、茜へ視線を移して言い募った。

「人ひとり亡くなり、ひとりは行方知れずなんです。人殺しがどこに潜んでいるかも分からない。ここは一刻も早く、御役人様にお任せした方が、良くはありませんか」

実のところ、法秀尼が「寺社奉行に、十日、探索を待って貰うよう頼む」と告げた時、桂泉尼は異を唱えた。

人殺しの探索は、さすがに荷が重い、と。

けれど、法秀尼は柔らかな物腰のまま、決して折れることはなかった。

かつて、かの天秀尼は男子禁制の法を、命がけで守った。

その松岡御所へ、役人とはいえ、あっさり男を招き入れる訳には行かない。

そう法秀尼は言った。

桂泉尼は、「姫様に異《い》を唱えて、勝てたことがない」とぼやきながら、早駕籠《はやかご》で使いに出てくれたのだ。

茜は、不安げにしている秋山尼を諭した。

「探索は私がするし、御所の門番は頼りになる。骸は役人が引き受けてくれるそうだから、何も怖がることはないでしょう。尼様方はいつもの通り、何も変わりなく過ごしてください」

秋山尼が口を尖《とが》らせた。

「骸を怖がっている訳じゃあ、ありません。私は仏門に仕える身ですから」

むきになって言い募ってから、思い出したように手を合わせる。

強《こわ》がっているけれど、まだ気がかりは拭《ぬぐ》いきれていないらしい。重ねた掌《てのひら》が心なしか強張っている。

尼たちの怯えは、寺入り女たちやおつる、お延に伝わる。

茜は秋山尼を更に宥めた。

「役人は下手人の探索はしてくれるでしょうが、寺を護《まも》ってくれるかどうか」

え、と秋山尼が狼狽《うろた》えた。

「だったら、見知らぬ男たちが境内を踏み荒らすより、私がことを収めた方が、ましだとは思いませんか」

「そりゃあ、そうですけど」

秋山尼が、気づかわし気に言葉を濁した。その先を梅次郎が心配そうに引き取る。

「姐《ねえ》さんひとりで、大丈夫かい」

ひとりの方が、都合がいい。

茜は腹の裡《うち》で言い返してから、心配ない、という風に梅次郎へ笑いかけた。

梅次郎が、呆《あき》れ混じりの微苦笑で応《こた》える。桂泉尼が腕まくりをして申し出た。

「では、私が茜さんのお手伝いをいたしましょう」

茜は慌てて止めた。桂泉尼が側にいては、茜の動きが限られてしまう。

「私が動いている間、桂さんには院代様をお護りいただかなければ。皆さんが護りを固めて下さるなら、私は探索に専心できます」

ひとりで大丈夫、という言葉を苦心して言い換えてみると、集まった仲間たちはようやく得心してくれたようだ。

喜平治が、ぽつりと呟《つぶや》いた。

「やっぱり、あの浪吉さんがやったんでしょうかねぇ」

「逃げてるんですもの、そうでしょう」

浪吉と言葉を交わしていない秋山尼は、にべもない。

「人を殺《あや》めるようにゃあ、見えなかったんだけどなあ」

とは、梅次郎だ。

口を開こうとした茜を、法秀尼が視線で止めた。おっとりと皆を見回して指図をする。

「では、寺の守りは任せますので、互いに助け合って事に当たるように。その前に、亡くなった方に手を合わせましょう」

法秀尼の静かな声に、皆がはっとした。法秀尼の穏やかな経が、役所に流れる。

桂泉尼と秋山尼の声が法秀尼に続く。梅次郎、喜平治が手を合わせ目を閉じた。

茜はひとり、軽く俯《うつむ》きながら辺りの気配を探った。

誰かが慌てて近づいて来る。

石段を駆け下りる乱れた足音に、梅次郎も気づいたようだ。面を上げて茜を見た。

「院代様。何か境内で起きたようです」

茜が法秀尼に告げる。法秀尼が首を傾げた時、一番年若の尼僧が息を切らして役所へ飛び込んできた。

「大変です。おつるさんが、九十さんが亡くなったことを知ってしまって――」

取り乱しながら、寺の外へ出ようとするおつるを、桂泉尼と秋山尼、二人がかりで宥《なだ》めた。

昨夜、「柏屋」から境内へ移ってきた時、おつるは震えてまともに歩けない程、九十に怯《おび》えていた。

そのおつるが今取り乱しているのは、亭主が死んだことで狼狽えているのではない。

「仙台屋」にいた浪吉が消えたことを知ったからのようだ。

浪吉さんを、助けなきゃ。

ただそれだけを繰り返して泣くおつるを、桂泉尼は抱き締めた。自分も涙声になって、論す。

「大丈夫。浪吉さんはきっと、捜し出すから。浪吉さんが姿を消したのは、おつるさんのせいでも、ご亭主が何かしたのでもないの。そのうち、ひょっこり姿を見せるかもしれないでしょう」

「でも、あのひとを殺めたと、浪吉さんが疑われているんですよね」

桂泉尼が、ちらりと茜へ目配《めくば》せをしながら、おつるに訊《たず》ねる。

「一体、誰がそんなことを」

おつるは、桂泉尼の声が耳に入っていないようだ。

「浪吉さんは、誰かを殺められるような人じゃありません。あ、あの恐ろしいうちのひとを殺めるなんて、お侍でもなきゃあ無理です」

うちのひと、という呼び方を、これまで茜は幾度も耳にしてきた。

亭主のことをそう呼ぶ駆け込み女は、大抵その呼び方に情を込めていて、内済の持って行き方さえ間違えなければ、元の鞘《さや》に収まることが多い。

けれど、おつるの「うちのひと」には、その情が感じられなかった。

まるで、やっかいで気難しい長屋の差配や町名主、役人を呼ぶような、声音だ。

気の毒に。

茜は思った。

自分の亭主に対する、「恐ろしい」以外の情を、おつるは失くしてしまっている。桂泉尼は「そうね」とおつるに応じた。ともかくおつるを落ち着かせなければいけない。

「浪吉さんを助けるのは、私たちに任せて下さいな。おつるさんはここでじっとしていて」

「でも」

言い返したおつるの声は、震えていた。少し離れたところから、お延が心配そうにおつるの様子を見守っている。

桂泉尼が、おつるの身体を少し離し、顔を覗《のぞ》き込むようにして宥め諭す。

「浪吉さんは、おつるさんを案じてここまで連れて来てくれた人でしょう。今ここでまた、おつるさんが寺の外へ出てしまったら、浪吉さんに心配をかけるのではないかしら。このあたりに不案内なおつるさんが当てもなく捜すより、寺でじっとしていることを浪吉さんは望んでいると思いますよ。ここは私たちに任せて」

ね、と念を押され、おつるがようやく小さく頷《うなず》いた。

茜は、静かに桂泉尼に続いた。

「浪吉さんを助けるためには、何があったのか、我らは知らなければいけません」

おつるが、びくりと身体を慄《おのの》かせ、茜を見た。その瞳《ひとみ》には、九十を語っていた時と同じような恐れが揺れていた。

ちくりと胸が痛んだが、そのまま問いを続ける。

「ご亭主が亡くなったこと、浪吉さんがいなくなったこと、誰から聞きました」

おつるは、茜から視線を逸《そ》らし、か細い声で問い返した。

「それが、浪吉さんとどう関わりがあるのでしょうか」

「それは、聞いてみなければ分かりません」

再び茜を見たおつるの視線を視線で捕え、茜は畳みかけた。

「何があったのか、経緯《いきさつ》を全て教えて頂かなければ、浪吉さんの濡れ衣は晴らせませんよ」

「茜さん」

桂泉尼の呼びかけには、咎《とが》める色が混じっている。おつるを哀れに思っている優しい尼僧は、「怯えている女子《おなご》に、脅すようなことを言うな」と訴えたいのだろう。

けれど、ここは引くところではない。

まだ怯えが残っているうちに、畳みかけるのが上策だ。怯えがすっかり消えて、浪吉への想いだけで心が満たされてしまえば、おつるからろくな話を聞けなくなる。

茜は桂泉尼を見返してから、おつるに向き直った。

「浪吉さんを、助けたいのではないのですか」

「茜殿」

桂泉尼の声音が厳しさを孕《はら》む。

秋山尼は、はらはらと桂泉尼、茜の顔を見比べている。

おつるが、かたかたと震え出した。

茜は、ゆっくりとおつるの側へ行き、優しく囁《ささや》いた。

「貴女《あなた》を虐げていたご亭主は、もうこの世にいない。何をそんなに怯えることがあるんです」

桂泉尼が、おつるを守るようにその手を握りしめた。茜は問いを繰り返した。

「さあ、言って。誰から聞きました」

おつるは、助けを求めるように桂泉尼を見、秋山尼を見、そして盗み見るように、ちらりとお延へ目を向けた。

茜がおつるの視線を追うよりも早く、お延が「あの」と口を開いた。

戸惑いの顔、戸惑いの声は、善良な女子そのものだ。

「おつるさんに、外の騒ぎをお知らせしたのは、私です」

茜は、ゆっくりとお延を見た。

「ほう」

低く相槌《あいづち》を打つと、お延ではなくおつるが身を竦《すく》めた。

「なかなか、言い出すきっかけがつかめなくて、申し訳ありません」

「なぜ」

何を訊《き》かれているのか分からない。そんな風にお延が首を傾げた。

茜は、言葉を添えた。

「なぜ、ご亭主に怯えているおつるさんに、伝えたのでしょうか」

お延の顔が苦し気に歪《ゆが》む。

「それは、乱暴を働く亭主が消えたと聞けば、少しは心が軽くなると思ったからです。私だったらそう感じるから。これでもう、顔を殴られることも、腹を蹴《け》られることもなくなる。そう思ったら、さぞせいせいするでしょうに。私はおつるさんがうらやましいし、心から『ご亭主が消えて、よかった』と思っています。不人情と誇《そし》られようが、それが正直な私の心です。おつるさんは違ったようですけれど」

饒舌《じょうぜつ》に語ってから、お延はおつるに微笑みかけた。

「おつるさんは、優しいのね」

茜は、

「分かりました」

と告げ、お延の気を自分へ引き戻した。お延が茜に向き直るのを待って、問いを続ける。

「では、浪吉さんの話は。浪吉さんがおつるさんに付き添ってきたと御存じだったのは、なぜでしょう。その浪吉さんが行方知れずだと伝えれば、おつるさんが心配するとは思わなかったんですか」

お延は、おつるを見た。

「話してもいいかしら」

おつるが、小さく二つ、頷く。ちょっと笑ってお延が茜に答えた。

「浪吉さんのことは、おつるさんから聞きました。寺役所の方に言わなかったことも、聞いています。私たちは同じような身の上で、互いの話をしている流れで打ち明けてくれたのだと思います。浪吉さんにご亭主殺しの疑いが掛かっていることは、おつるさんからせがまれて、つい。九十さんに浪吉さんが酷《ひど》い目に遭わされたことは、御用宿へ伝わってきていましたし、それから慌ただしく境内へ入れて貰《もら》いましたので、おつるさんは何があったのか、とても知りたがっていたから」

うん、うん、とおつるがまた、小さく頷く。

お延は、そっとおつるの背中を擦《さす》りながら詫《わ》びた。

「堪忍してね。いい仲じゃあないと聞いていたものだから、気軽に話してしまったけれど、おつるさんがこんなに取り乱すのなら、話すんじゃなかった。御寺のお役人様に叱られても、仕方ないわね」

「そんな、お延さんは私を心配してくださったんですから」

おつるの方がお延よりも年上のはずなのだが、おつるがすっかりお延に頼りきっていて、お延がおつるの姉のようにも見えてくる。

茜は、お延を長いこと見据えていた。お延は気づかないのか、気づかぬ振りを貫いているのか、茜には一瞥《いちべつ》もくれずおつると慰め合っている。

茜は、静かに立ち上がり、おつるに声を掛けた。

「浪吉さんのことは、お任せください」

言い置いて役所を出る。

おつるからは、何の声もかからなかった。

法秀尼の居間で、秋山尼がぷりぷりと怒っている。

「何も、茜さんが憎まれ役を買わなくたって。あのおつるさんも、おつるさんだわ。危ないのを承知で浪吉さんを助けようとしてくれているのがどなたなのか、分かっていらっしゃるのかしら」

桂泉尼が苦笑混じりで、秋山尼を宥《なだ》めた。

「まあ、まあ。誰かが憎まれ役をやらなければいけなかったんですし。できるのは茜さんしかいなかったのですもの。殿方では怯《おび》えさせ過ぎてしまう。私は一緒に泣いてしまいそうで無理だし、秋さんは本気で腹を立てると、言葉が止まらなくなるでしょう」

もごもごと、秋山尼が言い返す。

「そりゃあ、そうですけれど」

法秀尼が、くすくすと娘のような笑い声を立てた。

「おや。桂に言い返さないのは、秋は自分で自分の性分が分かっているのかしら。偉いこと」

秋山尼は、ぷ、と頰を膨らませた。

「院代様、そんな、偉いだなんて子供みたいに」

法秀尼は、ゆったりと微笑んで秋山尼を諭した。

「茜に憎まれ役を押し付けたことに気が咎《とが》めるのなら、全て落着した折に、秋がおつるに取り成しておやりなさい」

法秀尼の言葉に、秋山尼は殊勝な面持ちで、「はい」と返事をした。あまりに力が入っていたので、茜は秋山尼を宥めた。

「私は憎まれ役のままで構いませんよ、秋さん」

秋山尼が胸を反らして言い返す。

「それは駄目です。この寺で理不尽がまかり通ってはいけません。それに御所の者は皆、駆け込み女の味方でなければ。おつるさんが思い違いをしたまま川崎へ戻って、妙な話を広められては、私たちが困るんですからね」

ぐい、と顔を覗《のぞ》き込まれ、ね、ともう一度念を押され、茜はたじろぎながら、「はい」と応じた。

桂泉尼がおかしそうに笑っている。

茜は軽く微苦笑を浮かべてから、面を改めた。

「やはり、お延さんだったようですね」

秋山尼が、ふん、と鼻を鳴らした。

「親切ぶって、妙な理屈をつけてましたけれど」

桂泉尼が、哀しそうに眦《まなじり》を下げた。

「けれど、もしかしたら本当に、おつるさんの為を思ってのことで、悪気はなかったのかも」

「そんな訳、無いじゃありませんか。ご亭主が亡くなったことまでならともかく、浪吉さんが疑われている、なんて。そんな話は、寺では殆《ほと》ど出てなかった。あれは、浪吉さんが怪しいという、お延さんの思い込みに決まってます。悪気は大あり、性《た》質《ち》の悪い意地悪にしか聞こえませんよ。きっと悋気《りんき》です、院代様。同じような身の上なのに、おつるさんには浪吉さんという、親身になってくれる殿方がいらっしゃる。それがお延さんは悔しかったんです」

「そうねぇ。秋山尼の見立てが正しいのかもしれないわね」

法秀尼は、微笑みながら頷《うなず》いた。すぐに、けれど、と続ける。

「それが不確かな考えであるうちは、不用意に疑い、責めてはいけませんよ。お延もまた今は、この寺が護《まも》るべき駆け込み女なのですから」

穏やかに諭され、秋山尼が項垂《うなだ》れた。

「申し訳ありません、院代様」

桂泉尼が、しょんぼりしてしまった秋山尼を気遣うように見ながら、さりげなく話を逸《そ》らした。

「お延さんは、どこで九十さんが殺《あや》められた話を耳にしたのか、問い詰めた方がよかったのではありませんか」

茜が、桂泉尼に答えた。

「問い詰めても宿の女中辺りが噂をしているのを聞いた、と惚《とぼ》けるでしょうね」

「でも、それは」

桂泉尼に、茜は小さく頷いた。

「ええ。あり得ないことは分かっています」

御用宿の奉公人で、余計な噂を駆け込み女の耳に入れる、迂闊《うかつ》な者はいない。だが、お延が本当に聞いたのだと言い張ったら、言った、言わないの出口の見えない争いになる。

「柏屋」の奉公人に、無用な疑いが向くのも申し訳ないし、今、お延を身構えさせてはまずい。

茜は、桂泉尼と秋山尼を見比べて告げた。

「お延さんの目論見《もくろみ》も、私がそっと確かめますので、任せていただけませんか。確かなことが分かるまで、お二人は、お延さんがまた、おつるさんの耳に余計なことを入れてかき回さないよう、気を付けておいてください」

桂泉尼と秋山尼は、まず二人で仲良く頷き合い、それから法秀尼と茜に「お任せください」と応じた。

「早速、様子を見て参りましょう」

「そうですね。しばらくの間、秋さんと私で、二人の部屋に寝泊まりしたらどうかしら」

「あら、それじゃあ、見張っているのが知れてしまうかもしれないでしょう」

「では、こっそり」

「ええ、こっそり」

そんなことを言い合いながら、桂泉尼と秋山尼は、法秀尼の部屋を辞した。

楽しそうで仲の良い二人を、微苦笑と共に見送ってから、茜は法秀尼に向き直った。

「院代様。本当にこれでよろしゅうございますか」

法秀尼は、変わらずおっとりと構えている。

「気遣いは、無用です」

「ですが」

「茜がいてくれれば、何の心配もない。茜」

「はい」

茜は背筋を伸ばし、法秀尼に対した。

滅多にない、法秀尼の怒りを感じ取ったからだ。

「確かに、九十という男は感心しません。だからと言って、手前勝手にその命を奪ってよい筈《はず》はない。ましてやそれが、この御所の門前で行われるなぞ、あってはならぬ」

「はい」

法秀尼は苦しそうに、唇を嚙《か》んだ。

「情けをかけたのが、いけなかったのであろうか」

独り言とも、茜への問いかけともつかぬ呟《つぶや》きだった。

茜は、黙って法秀尼の心が定まるのを待った。

ゆっくりと時をかけて、法秀尼は息を吐き出した。

「詮《せん》無いことを口にしました」

穏やかな物言い、強い目の光。

「九十には、気の毒なことになってしまった。せめて今、我らが出来ることをせねばならぬ。ですから、わたくしに気遣いは無用です」

先刻と同じ台詞《せりふ》を繰り返され、茜は頷くしかなかった。

そうして、改めて強く覚悟を決めた。

何があっても。命に代えても、この方をお護りしよう。


それから四日。

茜の探索も空しく、浪吉の行方は杳《よう》として知れなかった。

心配が過ぎて時折取り乱すおつるへ、お延が細やかに言葉をかけ、落ち着かせてくれた。

――きっと浪吉さんは、近いうちにおつるさんを助けに来てくれるから、信じて待ちましょう。

――東慶寺の皆様が手を尽くして下さっています。おつるさんの役目はここで待つことですよ。

茜は、桂泉尼と秋山尼に告げた。

もう少し、遠くを捜してみようと思う。二、三日寺を空けるから、寺と法秀尼を頼む、と。

二人の尼僧はほんの少し硬い顔をして、それでも頼もしく頷いてくれた。

他の尼僧や寺入り女、役所も梅次郎たち飛脚も、いつも通りだ。心裡《こころうち》では、見つからない人殺しに不安を抱えているだろうに。

茜は、礼と詫《わ》びを込めて、表門から境内を振り向き、深々と頭を下げ、寺から離れた。

茜が留守をしても、何ひとつ変わることなく、新たな駆け込み女もなく、穏やかに一日が過ぎた、その夜更け。

皆が深い眠りについている中、ひとつの影が動き出した。

寺入り女が眠る大部屋の隣、おつるとお延が使っている部屋だ。

音もなく襖《ふすま》が開き、影が広縁へ出る。

月のない夜更け、庭も辺りも、濃い闇に沈んでいる。

影は、手燭《てしょく》も持たず、迷いのない足取りで寺入り女たちが暮らす棟を出た。

影が目指すのは、蔭涼軒。法秀尼の居所である。

法秀尼の寝所の前には、薙刀《なぎなた》を抱え、座したまま眠りこけている桂泉尼の姿があった。

影が襖を開けても、桂泉尼はぴくりとも動かない。隣の控の間で桂泉尼と入れ替わりで番をすると張り切っていた秋山尼も、静かだ。

まるで、呪《まじな》いにでもかかったように、深い眠りに落ちている。

影は、桂泉尼を冷たく見下ろすと、その身を院代の寝所に滑り込ませた。

法秀尼も、穏やかな寝顔を天井へ向けている。胸の辺りがゆっくりと上下しているから、よく眠っているのだろう。

美しい面を、影は暫《しばら》く眺めていたが、するりと懐から短刀を取り出した。

鞘《さや》を外す。

とろりとした闇の中、刃《やいば》が冷たく青白い光を放った。

躊躇《ためら》いなく、その刃が法秀尼の白い喉《のど》に当てられようとした刹那《せつな》。

法秀尼の珊瑚《さんご》の唇が動いた。

「これは、そなたの心が望んだことか」

影は、はじかれたように後ろへ飛び退《すさ》った。

その喉に、後ろから今度は茜が、刃を当てた。

「動けば、喉笛を切る」

影――お延が小さく喉を鳴らすのを聞きながら、茜は自分と法秀尼の出逢《であ》いを思い出していた。

まるであの時の自分を見ているようだ。

そうして、法秀尼は同じことを茜に訊《たず》ねた。

これは、そなたの心が望んだことか、と。

＊

茜は、尼寺の拾い子だった。

四歳の折、「寺へ預ける」という体で、親に捨てられた。

自分が捨てられたことを、茜は分かっていた。

いつか、そうなるのではないかと幼いなりに覚悟をしていたから、哀しくはなかった。

原因《もと》は、茜の瞳《ひとみ》だ。

黒でもない。話に聞く南蛮人のような、明るい色でもない。

黒よりも微《かす》かに淡い、濃い鋼《はがね》色で、陽の光によっては青や茶を纏《まと》ったようにも見える。不思議な色の瞳。

——その気味の悪い目で、見ないでおくれ。

母は、茜が母へ視線を向けるたび、怯《おび》えた声で茜を叱った。だから茜が覚えている母の面影は、眠った時の顔だけだ。

——鬼の子。そいつは本当に俺の子なのか。お前《めぇ》、妖《あやかし》とでも浮気したんじゃねぇのか。

父は、茜に聞こえることも構わずに、母を罵《ののし》った。

遊び友達もできなかった。

手を差し伸べてくれる子もいたが、仲良くなる前に、決まって相手の親に引き離された。

茜が「預けられた」尼寺は、加州前田《かしゅうまえだ》家の上屋敷の南、武家の小屋敷や町屋がひしめき合っている隙間にひっそりと在った。

寺の名は清麦《せいばく》寺。

遥《はる》か昔、さる有力な寺の塔頭《たっちゅう》として建てられた尼寺で、檀家《だんか》を持たない寺であった。かつては本寺からの守護も手厚く、本寺の補佐という「お勤め」もあったらしいが、茜が寺へ入った時は、既に本寺から見放されて久しいという話だった。

それでも、なぜか境内には花が溢《あふ》れ、庵《いおり》は隅々まで小綺麗《こぎれい》に整えられ、庵主《あんしゅ》を始めとした尼僧たちは、皆尼僧とは思えない、贅沢《ぜいたく》な暮らしをしていた。

寺には、茜の他に、歳の近い子や少し上の娘たちが暮らしていた。皆、器量よしばかりでいずれは尼になるのだと教えられた。

捨てられたその日、大人の尼僧たちに取り囲まれた。尼僧たちは、茜の顔を遠慮会釈なく眺めながら、色々言い合った。

――なんとまあ、妙な目の色をしていること。

――けれど、器量は飛び切りですわね。

――今いる娘たちの中では、群を抜いている。

――物珍しさから、人気が出るのでは。

――いいえ、かえって薄気味悪いと嫌がられそうです。

――同じ変わった目の色でも、せめてもう少し綺麗な色だったらよかったのに。

――確かに、金や青、明るい茶の色であれば、南蛮の血が入っております、と騙《だま》せたかもしれません。

――まあ、お人が悪い。

一言、一言と聞くたびに、茜は恐ろしさに縮こまっていった。尼僧たちが何を言っているのかは、さっぱり分からなかったけれど、この「話し合い」で自分の行く末が決まることは感じ取っていた。

――どうしましょう。ものにならない子を育てるのも、ねぇ。

茜は、息を詰めた。

お願い。助けて。

そんな言葉も出ない程、恐ろしくて、恐ろしくて、尼僧たちの目から逃れるように下を向いた。

狐のような目をした尼僧が、茜の顎《あご》を乱暴に摑《つか》んで、上を向かせた。顎を捕えた指は、硬くごつごつとしていて、強い力で茜の顎を締め付けたので、涙が出る程痛かったけれど、歯を食いしばって耐えた。茜の顔を間近に覗《のぞ》き込んでくる鋭い目から、魅入られたように視線を逸《そ》らすことができなかった。

やがて、その尼僧がにやりと笑った。

――色は妙だが、力のあるいい目をしている。庵主様、この娘、私にお預けいただけませんか。

年嵩《としかさ》で皺《しわ》深い尼僧が、億劫《おっくう》そうに口を開いた。

――そなたの後継ぎになりそうかの。

――それは鍛えてみねば、なんとも。女たちの用心棒くらいにはなりましょう。

――好きにおし。

かさかさと、乾いた声で庵主と呼ばれた皺深い尼僧が答えた。

それから、茜は狐目の尼僧に、厳しい鍛錬を課せられた。

まずは、走る。木を登る。あるいは丸一日、飲み食いをせずにひたすら堪《た》える。

幼いことが、手加減の理由《わけ》には全くならなかった。

狐目の尼僧は、茜が鍛錬に音を上げそうになると決まって冷ややかにこう言った。

――その奇妙な目の子を、むしろ、お前の二親はよく四歳まで育てたものだ。ありがたく思わねばな。ここでは役に立たねば、三日で命はないと思いなさい。追い出しなぞはしない。下手な話を外でされては困る。だから、くれぐれも逃げ出そうとは思わぬように。

初めは、辛《つら》かった。狐目の尼僧に隠れて、声を殺して泣いた。

来る日も来る日も、ぼろ雑巾《ぞうきん》のようになるまで鍛えられるうち、茜は気づいた。

きちんと鍛錬をこなせば、責められることも、脅されることもない。飲み食いを断つ鍛錬でなければ、朝晩二度、食べさせてもらえる。この目を「気味が悪い」と言われることがない。

そして、鍛錬を続けるうちに、辛さが少しずつ薄れてきて、狐目の尼僧に言いつけられることも、昨日よりも今日、今日よりも明日、と少しずつ楽にこなせるようになるのだ。

何より、茜には他の生き方を選ぶことは許されなかった。

無事に、できれば穏やかに、一日を生きる。

そのためだけに、茜は鍛錬にいそしんだ。

鍛錬を積むにつれ、単なる身体を鍛えることから、難しいことも覚えさせられた。

一度見たものを目の裏に刻む。足音を立てずに走る。屋根から屋根へ飛び移る。

自らの気配を殺し、人の気配を読む。太刀、小太刀、薙刀《なぎなた》、匕首《あいくち》、あらゆる刃《やいば》の扱い、素手で大人を押さえ込む技。毒草の見分け方、毒の作り方。人の騙し方、嘘の見抜き方。人の急所、一撃で命を奪う技。

それが「悪い事」だと知ったのは、寺の外へ出ることを許されてからだ。

逃げようとは思わなかった。

狐目の尼僧から逃げられるとも思わなかった。

身に染みて「力の差」を思い知らせていたから、外へ出して貰《もら》えたのだろう。

初めは、狐目の尼僧と共に。慣れてくるとひとりで町へ出るようになった。

十六の時から、狐目の尼僧の「手伝い」を始めた。

狐目の尼僧がやっていたことは、清麦寺では「影働き」と呼ばれていた。

盗みや脅しの下調べ、金子《きんす》の取り立て、若い「尼僧たち」の警固。

清麦寺は、女を売り、人から盗み、脅し取ったもので潤っている寺であった。

若い尼僧は、寺で一番大きな稼ぎをもたらしていた。

吉原や廓《くるわ》に飽きた男たちの、いい「遊び相手」になるのだそうだ。

花の溢れる美しい境内は、そういう「男客」をもてなすための小道具だった。

それでも茜は、季節ごとに咲く様々な花を、美しいと思ったけれど。

そうして、やましいことに手を染めながら、茜は茜なりに静かな日々を送っていた。

ある夜更け、ひとりで出かけた狐目の尼僧は、二度と寺へ戻ってこなかった。

次の日、茜は庵主に呼ばれた。

庵主は、かさついた声で告げた。

――あれは、しくじった。そろそろ衰えが目立ってきておったからな。それはお前も気づいていただろう。今日から、お前があれの跡を継ぐのだ。この寺の為にならぬ者を、消せ。手始めに、そうさな、東慶寺の小娘を消して参れ。

幼い頃から、清麦寺の命《めい》と暮らしが「生きること」の全てであった茜は、共に育った尼僧たちがそうであるように、庵主の命に背くことも、逃げることもできなかった。そしてひとり、鎌倉の東慶寺へ向かった。

生まれて初めて、人を殺《あや》めるために。

けれど、殺めるはずの人——法秀尼は、静かに茜に訊《たず》ねた。

自分の命を奪うのは、茜自身が望み、決めたことなのか。

たったひとつの、短い問いが、茜を動けなくした。

自分の望みとは、何だろう。

自分で決められることが、あるのだろうか。

それが、自分に許されるのだろうか。

茜は、法秀尼を見た。

ふわりと、清々《すがすが》しい白檀《びゃくだん》の香りが、茜を包んだ。

法秀尼に抱き締められたのだと気づくまで、少し時が要った。

こちらは抜身の刃を手にしているのに、なぜこのひとは、少しも恐れないのだろう。

今なら、容易《たやす》くこのひとの命を奪うことができるのに。

耳元で、少し湿った声が囁《ささや》いた。

「大丈夫。何も案ずることはありませんよ。ここでゆっくり、そなた自身を取り戻しましょう」

生まれて初めて、ぬくもりが感じられる言葉を、茜は耳にした。

その言葉は、物心ついた時からずっと、硬く強張《こわば》っていた茜の心を、あっという間に柔らかくほぐした。

名を訊《き》かれ、答えられなかった茜に――寺では、影、見習いとしか呼ばれなかったたし、実の親から貰った筈《はず》の名は、とうに忘れてしまっていた――、法秀尼は「茜」という名をくれた。

今日は、とても夕暮れの空が綺麗《きれい》だったから、と。

――そなたと出逢《であ》った今日の、あの美しい空の色はそなたに似合いです。この名で新しく生きなおしなさい。

＊

茜がお延を押さえ、膝《ひざ》を突かせたところへ、怒りを湛《たた》えた目をした桂泉尼と秋山尼が入ってきた。

桂泉尼が茜からお延を引き取り、手際よく縛り上げる。

観念したのか、まったく抗《あらが》わないお延を眺めながら、茜はしみじみと考えた。

法秀尼の声、言葉には不思議な力がある。

闇の中を行き、命じられたものを闇へ葬る「影働き」しか知らない茜を、あっと言う間に光の下へ連れ出してくれた。

その不思議な力は、お延には通じなかったようだが。

法秀尼の、

「これは、そなたの心が望んだことか」

という問いに、お延は答えなかった。代わりに、薄笑いを浮かべ、伝法に呟《つぶや》く。

「御用宿の饅頭《まんじゅう》を食べなかったのかい。そこの尼さん二人は甘い物に目がないと踏んでいたんだけどねぇ」

ふん、と鼻を鳴らしたのは秋山尼だ。

「目がないのは桂泉尼様です。わたくしは、お付き合いしているだけ」

桂泉尼が寂し気に溜息《ためいき》を吐き、左の掌《てのひら》を頬に当てた。

「まあ、ひどい。せっかく分けて差し上げているのに。でしたら明日からはわたくしひとりでいただきましょう。秋山尼様はお茶だけで充分なのですものね」

「な、何も頂かないとは、申しておりません」

微笑ましい言い合いを、お延の低い笑いが遮った。

「参ったねぇ。こちとらの目論見《もくろみ》をすっかりお見通しで、あたしはまんまと罠《わな》に嵌《はま》っちまった訳かい。そっちの姐《ねえ》さんが間男を捜しに出かけるって聞いた時は、千載一遇の好機だと思ったんだけど。まさか、院代様ご自身を餌に使うとは思わなかったね。やられたよ」

お延がさりげなく、けれど事細かに境内の様子を確かめていたことに、茜は気づいていた。

法秀尼の側近くに仕えるのは、茜、桂泉尼、秋山尼の三人であること。

茜が法秀尼の警固を一手に引き受けていることや、夕餉《ゆうげ》の後、秋山尼と桂泉尼がこっそり饅頭を食べながら、他愛《たわい》ないおしゃべりを楽しんでいること。

その辺りもお延はあっさり摑《つか》んだろう。

だから、茜は敢《あ》えて「寺を空ける」と告げ、隠れて法秀尼の警固を続けたのだ。

「二人の饅頭に仕込んだのは、眠り薬か」

茜の問いに、お延があっさり頷《うなず》いた。

「かたっぱしから食い物に仕込んで、効き出す時がずれたら、かえってさわぎになっちまうから、そっちの尼様二人だけを狙ったのさ」

それから茜を見遣《みや》り、訊ねた。

「どこで、なぜ分かったんだい」

茜が答えた。

「初めから、匂いで」

お延が、笑った。

短い一言で、通じたようだ。

大坂からの駆け込みならば、亭主が東慶寺へ着くまでに時が稼げること。亭主の乱暴に苦しんでいたおつると同じような境遇で、時を同じくした駆け込み。おつるに取り入った、おためごかし。

何もかもが、きな臭かった。

お延は、「そう」と茜に向かって頷いた。

「やっぱりお前も、あたしと同じ穴の貉《むじな》という訳だね。東慶寺がこんな物騒なもの、を飼っているとは、知らなかった」

法秀尼が、哀しく澄んだ声で問うた。

「そなたは、飼われている、と」

お延が、法秀尼を見た。

「あたしは飼われちゃあいませんよ、尼御前《あまごぜ》様。金子《きんす》で雇われた身です」

「茜も、飼われてはいません。この者はわたくしの下で働いてくれていますが、望めばこの寺をいつでも離れることができる」

「へぇ、そうですか」

お延の物言いは、どこまでも薄っぺらい。

茜は、お延の前へ回った。

「雇い主は誰だ」

「言うと思うのかい」

「言わねば命はない。そう言ったら」

茜の脅しに、お延は薄笑いで答えた。

茜は、小さく頷いて微笑んだ。

法秀尼へ振り返り、

「やはり、あの尼寺のようです」

と告げた。

法秀尼も、分かっていたという風に頷く。

「まったく、いつまでも諦《あきら》めの悪いこと」

見知った相手のちょっとした悪ふざけに手を焼いている、とでもいうような軽い物言いに、初めてお延が狼狽《うろた》えた。

「はったりに慌てて、あたしが何か漏らすとでも思ったのなら、見当違いだよ」

「気の毒だが、はったりではない。今のお前の様子で本当に見当がついたんだ」

「何を、馬鹿な」

「雇い主が尼寺ではない、とは、言わないんだな」

茜が静かに呟く。

お延の顔色が、茜にしか分からない程微《かす》かに変わった。

「さて」

軽やかに、法秀尼が切り出した。

「そなたの雇い主は見当がついた。もう義理立てすることもなくなったでしょうから、訊《たず》ねます」

す、と気配を厳しくして法秀尼はお延に問うた。

「浪吉の行方知れず、九十の死、どちらにもそなたは関わっておるのか」

お延は、謎めいた笑みを浮かべたまま答えない。

しびれを切らした秋山尼が、きりきりと申し出た。

「院代様、ここはわたくしにお任せください」

小馬鹿にしたような笑い混じりで、お延が秋山尼をからかう。

「おや、お嬢ちゃんにあたしの相手が務まるかねぇ」

桂泉尼がころころと笑った。

「まあ、お嬢ちゃんですって」

秋山尼は桂泉尼を横目でねめつけてから、張り合うようにふふんと鼻を鳴らし、お延を見下ろした。

「わたくしたちを、饅頭で眠らせようとしたところまでは、なかなか賢いようですけれど、所詮《しょせん》お馬鹿さんはお馬鹿さんですわね」

お延もまた、薄笑いで秋山尼を見返した。秋山尼がぐい、と胸を反らして言い放つ。

「院代様はお優しいから、関わっているか、とお訊ねになったけれど、どちらもお前様の仕業だととうに分かっています。さっさと浪吉さんの居所を白状なさい。どうせどこかに閉じ込めているのでしょう」

お延は、薄笑いを止めようとしない。けれど秋山尼は落ち着いたものだ。

「笑っていられる段ではないと思うのですけれど。わたくしたちの推量が当たっているとしたら、お延さんご自身は口を噤《つぐ》んでいても、すでに追い詰められているのですから」

お延の瞳《ひとみ》が揺れたのを、茜は見逃さなかった。

秋山尼が続ける。

「お前様の雇い主、清麦寺の話をしましょうか。ご存じかもしれませんけれど」

茜は、軽く目を伏せて、心の乱れをそっと宥《なだ》めた。

お延が金子で雇われていて、よかった。あの寺にいた頃の自分を知っている者がやってきたのでなくて、よかった。

そう安堵《あんど》するのは、卑怯《ひきょう》だろうか。

法秀尼の気遣わし気な視線に、茜は軽い笑みで応《こた》えた。

秋山尼は語る。

「その名とは裏腹に、清くもなんともない尼寺なのは、お前様を雇ったことからもすぐに分かりますわね。そのしみったれた悪業は今ここで敢えて語らなくてもいいとして。腹の立つことに、法秀尼様が院代になられる前から、あの寺はこの松岡御所を食い物にしてきたのです」

寺を束ねる住持、院代が空位になってから、東慶寺は荒れた。

境内の由緒ある大木を勝手に役人が切り倒して売り払う。

代々の住持、院代が大切にしていた調度を盗む。

東慶寺とつながりがあると偽って、勝手に駆け込み女やその身内、亭主から袖《そで》の下を取る。

そして、「東慶寺ゆかりの尼様」を装った女に、男客を取らせる。

腸《はらわた》が煮えくり返るほどのやりたい放題、全て裏で糸を引いていたのが代々の清麦寺庵主《あんしゅ》と、主だった尼僧たちだ。

東慶寺は古くから、寺の大小、由緒にかかわらず、尼僧たちの来訪を快く受け入れてきた。清麦寺の尼僧たちはとりわけ足繁く、東慶寺を訪《おとな》っていた。

だから、主《あるじ》を失くした東慶寺に隙が出来たことを、いち早く嗅《か》ぎつけたのだろう。

表向きはそれまで通り、修行や「東慶寺」を手本とするための訪いを装い、裏で東慶寺を荒らした。

檀家《だんか》を持たず、本寺にも見捨てられた小さな塔頭《たっちゅう》は、徳川宗家と繋《つな》がりの深い

「ちっぽけな寺がよくもまあ、天下の松岡御所相手にやってくれた、と言いたいところですけれど、ちっぽけだったからこそ、正体が知れなかったのでしょうね。東慶寺は、勝手に荒れていった、ということになってしまった。でも、法秀尼様が院代の座に就かれてからは、悪事を働けなくなった。当たり前ですわね。あっという間に荒れた東慶寺を立て直されたのですから」

法秀尼は、寺法を整える傍ら、生家である水戸徳川家の助けを借り、東慶寺で行われた不正のひとつひとつを丁寧に調べ上げ、少しでも不正に加担した役人の首を全て挿《す》げ替えた。新たな役人の人となりは、法秀尼自身でひとりひとり確かめた。寺飛脚も同じようにして、雇い入れた。

御用宿の主に対しては、奉公人に厳しく目を光らせるよう厳に命じ、法秀尼も、折に触れ御用宿を訪れ、奉公人の人となりや立ち居振る舞いを確かめた。

ひとつひとつが緻密《ちみつ》で丁寧で、隙がない。

それは、清麦寺にいた茜が、誰よりもよく知っている。

清麦寺は追い詰められた。

秋山尼が、また鼻を鳴らした。

「松岡御所」を食い物にして、豊かさを手に入れた。

女たちの「稼ぎ」だけでは、今まで通りの「いい暮らし」はままならない。

東慶寺の新しい院代が、悪事を働く者を退けたのみで、寺社奉行に訴え出る様子がないのも、後ろめたい清麦寺にとっては薄気味悪いものだった。

そうして、「影働き」をしくじって寺へ戻ってこなかった師、狐目の尼僧の代わりに、茜が東慶寺へ送り込まれた。

「だから何だってんだい」

お延の挑むような問いかけに、茜は我に返った。

「どれだけそこの院代様がお偉いのかを並べたてられても、恐れ入りました、とはならないよ。尼様の仰《おっしゃ》るお馬鹿さん、じゃああるまいし」

秋山尼に向けられた皮肉に、茜は顔を顰《しか》めた。

茜は、法秀尼の才覚に恐れ入った訳ではないが、法秀尼自身の短い言葉で「恐れ入りました」となった口なのだ。

秋山尼は、呆《あき》れたような溜息《ためいき》を吐いた。

「お馬鹿さんに、お馬鹿さんと呼ばれる人の顔が見てみたいわね」

ここに、おりますよ。秋山尼さん。

口に出さず、ぼやいてみる。

秋山尼が、幼子を諭すように、お延に言った。

「まだ、分からないかしら。お前様の雇い主は、荒れていたとはいえ、東慶寺を長年にわたって謀り、搾取してきたの。それが叶《かな》わないとなったら、今度はお前様のような者を雇って、院代様の御命を狙った。そういう悪党から頼まれた仕事をお前様はしくじった。勿論《もちろん》、我らは清麦寺を訴えることになる。畏《おそ》れ多くも当代蔭涼軒院代に刺客を送りこまれました。捕えた刺客が、清麦寺に雇われたことを白状しております、とね」

「あたしは、そんなことは言っていない。出鱈目《でたらめ》を言わないでおくれ」

お延が声を荒げた。

秋山尼が、にんまりと笑った。

「そうね。でも、お前様の様子から我らはそう察したの。まるきり出鱈目ではないでしょう。そして、お前様が御白洲《しらす》でどれほど清麦寺を庇《かば》っても、あちらはお前様が我ら東慶寺に、裏に清麦寺がいることをしゃべったと思う。つまり、お前様は、『刺客は雇い主の名を決して明かさない』という掟《おきて》を、既に破ってるのも同じということよ。そんな掟があれば、の話だけれど。さて、性悪清麦寺は、どう出るかしら」

桂泉尼が、こそっと秋山尼に耳打ちをした。

「まあ、刺客にはそんな恐ろしい掟があったのね。秋さん、よくご存じだこと」

「読本《よみほん》で、読んだんです」

読本とは、虚構の物語が綴《つづ》られた冊子のことだ。

けれどお延は、むぅ、と唸《うな》って口を引き結んだ。「掟」というよりは刺客としての「矜持《きょうじ》」というところだろうか。いずれにせよ雇い主の素性を口にしないつもりだったのは、間違いないようだ。

秋山尼が、飛び切り優しい声でお延に語りかけた。

「さっさと言っておしまいなさい。金子《きんす》で雇われただけなら、今更庇う相手でもなし。それでも、どうしても『刺客の掟』とやらで清麦寺が雇い主だと言いたくないなら、構いません。こちらはこちらで勝手にやりますから。ただ、浪吉さんの居所だけは白状してくださいな。少しでも良いことをして罪を減らしておいた方が、御《み》仏《ほとけ》のお許しも得られやすいというものですよ」

寺役所には、喜平治と梅次郎、茜、桂泉尼、秋山尼が顔を揃え、騒動の顛末《てんまつ》について話していた。

浪吉は、お延が白状した通り、鶴岡八幡宮《つるがおかはちまんぐう》近く、出逢《であ》い茶屋の一室に押し込められていた。茶屋の主は、お延がちらつかせた大層な金子に目が眩《くら》んで引き受けた。

まさか誘拐《かどわ》かしたとは思わなかったと申し開きをしたらしいが、その言い訳がどこまで通じるかは怪しい。

お延は、九十殺しと東慶寺院代殺しを、おつるに執着した浪吉の仕業にするつもりだったようだ。

出逢い茶屋から茜が連れ帰った浪吉は、「柏屋」でおつると再会した。

二人して、涙で顔をぐちゃぐちゃにしながら手を取り合い、我に返り、ぱっと手を放して赤くなった。

「柏屋」の主、好兵衛が呆れ半分、からかい半分でその様を、こう評した。

「ありゃあ、間違いなく不義密通からは程遠い二人ですよ。見ているこっちが恥ずかしくなるほどの晩生《おくて》同士だ」

二人は、長いこと話をしていたそうだ。

そうして、おつるは九十の弔いを済ませた後、「預かり女」として、しばらくの間東慶寺に入ることになった。

九十はもうこの世にいない。離縁を望む要はなくなった。浪吉もおつるも、だからといって喜び勇んで夫婦《めおと》になるのも、違うと感じたそうだ。

寺役所に、浪吉と揃って顔を出したおつるは言った。

「このまま浪吉さんと一緒になっても、うちのひとの顔がちらついて、幸せになれないような気がするんです。あのひとには散々酷《ひど》い目に遭いました。情なんかこれっぽっちもない。それでも私が東慶寺へ駆け込まなければ、あのひとは死ぬことはなかった。あのひとが生きていれば、私は二年寺で過ごすはずだった。あのひとは決して離縁には応じなかったろうから。私がするべきだったことをなしにして、すぐに一緒になることはできない。こちらであのひとを弔わせていただけないでしょうか」

それがいいでしょう、と頷《うなず》いたのは秋山尼だ。

「今すぐ川崎へ戻って所帯を持ったりしたら、ご亭主がどうしようもない乱暴者だったことなんぞはすっかり脇へ追いやられて、酷い噂が広まるでしょうね。ご亭主が亡くなるのを待っていたようだ、とか、本当は不義密通をしていたのじゃないか、とか」

「秋さん」

桂泉尼が秋山尼を窘《たしな》めたが、おつると浪吉は、小さく頷いた。

浪吉が言う。

「秋山尼様のおっしゃる通りなんです。ただ、おつるちゃんは、九十さんを弔いてえってのが一番なんです。おいらは、おつるちゃんの気の済むようにさせてやりてえ。二年でも三年でも、待ってやすんで」

顔を見合わせて頷き合う二人は、すでに深く心を通じ合わせているようで、これから暫《しばら》く離れて過ごさなければならない、好き合った者同士のようには見えなかった。

桂泉尼が、小さく息を吐いた。

「院代様にお伺いを立てなければなりませんが、経緯《いきさつ》が経緯ですし、おつるさんの御心も分かりますので、すぐにお許しは出るはずです。まあ、寺入り女とは違いますから好きな時に寺を去ることもできますし、時折は、浪吉さんと会うことも許されるでしょう」

九十殺しと、東慶寺院代暗殺を企《たくら》んだお延は、寺社奉行に引き渡された。

お延が浪吉の居場所を茜たちに知らせたのは、秋山尼に説き伏せられ「御仏のお許し」を望んだからではなかった。

理由は二つ。

秋山尼の話を聞いているうち、雇い主がいけ好かない尼で、大層気分が悪かったことを思い出したそうだ。この生業《なりわい》で生きてきた者の矜持として、雇い主の名は言えないが、せめて一矢でも報いてやろうと思った。

どうせ、縄目を受けた身だ。「雇い主が葬りたいほど邪魔に思っていた東慶寺院代の言う通りにする」くらいの、細《ささ》やかな仕返しをしても、構わないだろう、と。

もうひとつの理由は、おつるだ。お延は少し面を和ませて言った。

「ああいうのを、お馬鹿さんっていうんだよ、尼様。絵に描いたような善人で、こんなあたしをすっかり信用しちまって、嘘八百の話にも目を真っ赤にしながら幾度も頷いてさあ。あんなだから、妙な亭主に引っかかっちまうんだ。乱暴亭主がいなくなっても危なっかしくて気が気じゃない。同じような善人の幼馴染《おさななじみ》じゃあ大した役にもたたないだろうけど、側にいないよりはましだろう」

たしかにおつるは、役人に引き立てられて行くお延を、泣きながら見送っていた。自分を騙《だま》した相手、浪吉を誘拐かして人殺しの罪を着せようとしていた女なのに。

飛脚の梅次郎が、食べかけの饅頭《まんじゅう》をぽい、と口の中へ放り込みながら、訊《き》いた。

「それで肝心の清麦寺は、お咎《とが》めなしなのかよ」

寺役人の喜平治が、不服気な飛脚を宥《なだ》める。

「仕方ないだろう。お延が口を噤《つぐ》んだままでは、確かな証《あかし》は何もない」

秋山尼が、ふふん、と笑った。

「何だよ」

桂泉尼が厳しい顔を作って、梅次郎に答える。

「清麦寺の退転は間違いないでしょうね」

喜平治と梅次郎が顔を見合わせた。梅次郎がそろりと訊《たず》ねる。

「退転って」

秋山尼が、顎《あご》を軽く持ち上げて言った。

「本寺から見放された塔頭《たっちゅう》が退転と言ったら、もうお取り潰《つぶ》ししかないでしょうに」

桂泉尼が微苦笑混じりで、言い添えた。

「法秀尼様が院代の座にお就きになった折、清麦寺の悪事を退けるついでに、動かぬ証も手に入れられてたんです。鈴《すず》さんもそのひとり。恐らく庵主《あんしゅ》も、悪事に加担していた尼僧たちも、残らず縄目を受けることになるでしょう」

梅次郎が目を丸くした。

「鈴さんってぇと、豊鈴尼様ですかい。へぇ、あの、地味で大人しい尼様がなんでまた」

鈴は、元は清麦寺の下働きで、尼僧たちに苛《いじ》め抜かれていたのを、茜が密《ひそ》かに助け出し、東慶寺へ連れてきた娘だ。法秀尼の勧めで剃髪《ていはつ》し、豊鈴尼と名乗っている。

清麦寺の悪事を事細かに見聞きした、生き証人という訳だ。

秋山尼が、ぴしりと言い放った。

「院代様を怒らせるからいけないのよ。せっかく、同じ尼寺の好《よしみ》だ、と東慶寺への悪行三昧《ざんまい》を見逃してくだすっていたのに」

桂泉尼が、小首を傾げた。

「お二人とも、もっと晴れやかなお顔をなさってはいかがです。悪人にしかるべき罰が下されるのですから」

男二人は、歯切れが悪い。

「だって、なあ」

と梅次郎がもぞもぞと呟《つぶや》けば、喜平治も、恐る恐る頷く。

「まあ、悪辣《あくらつ》亭主とはいえ、人ひとり命を落としてる訳だけど、それにしても、なあ。寺ひとつ潰しちまうなんて、尋常じゃあねぇ。ご自身が狙われたのだって、おっとり構えて『茜がいてくれるから、大事ありません』とかなんとか、おっしゃって済ませそうじゃあないか」

梅次郎が、誰にともなく、訊いた。

「あの院代様を怒らせるって、清麦寺はまだなんかやってたのか」

言われてみれば、という風に、桂泉尼と秋山尼も顔を見合わせた。


夜更け。蔭涼軒、法秀尼の居室の広縁で、茜は法秀尼の側に控え、共に空を見上げていた。

雨上がりの澄んだ空は、冬ほどではないものの、沢山の星が、濃紺の空に瞬いている。

月が出ていないのは、茜がよくうなされる「あの時」――茜が法秀尼の命を狙った夜の夢と同じだが、眺めは天と地ほどの違いがある。

ふふ、と法秀尼が笑った。

昼間の喜平治と梅次郎の様子を茜から聞かされてのことだ。

「わたくしとて、腹を立てることはありますよ」

「私が、鈴さんを連れて帰った時も、院代様は大層お腹立ちでございました」

「あら、あれは腹を立てたのではなく、茜を叱ったのですよ。せっかく抜け出した清麦寺へ舞い戻って、鈴を連れ出すなぞという無茶を、わたくしの許しもなくしでかしたのですから」

他の尼僧は、残らず「清麦寺」の悪事に染まっていた。下働きの鈴だけが、ひとり清廉な心のまま苦しんでいたのだ。

茜は、東慶寺で穏やかな時を過ごしながら、鈴を案じ続けていた。

自分だけ、あの闇から抜け出したことが後ろめたかったのかもしれない。

鈴を放っておけなかった。

「あの時の茜の顔。悪戯《いたずら》を叱られた子犬のようでしたね」

法秀尼は、楽し気に笑っている。けれど茜は笑えなかった。

茜が姿を消して以来、清麦寺が大人しくしていた理由《わけ》は、「影働き」をする者がいなくなったから、そして法秀尼が「証《あかし》」を盾に清麦寺を抑え込んでいたからだ。

三年前、もしくは生き証人の鈴が東慶寺に入った二年前、法秀尼は寺社奉行に訴え出て、清麦寺を退転に追い込むことも出来た。

それをしなかったのは、法秀尼が尼僧だからである。

ひとつの尼寺を、同じ尼寺が潰してよいものか。

何年も悪事に手を染め続けてきた寺とはいえ、そこを縁《よすが》に生を繋《つな》いでいる者もいるのだ。

仏門に帰依した者は、あらゆる者に慈悲を施さねばならぬ。

そうして、法秀尼は鈴を隠した。

万が一にも、鈴の出自が外に漏れてはならない。それは茜も同じだが、茜は自らの身は自らで守ることができる。身を窶《やつ》す術《すべ》も知っている。

鈴は、身寄りのない行き倒れを茜が助けたことにして、本当の出自は念入りに秘された。それは、非力な鈴自身を守るためだけではない。鈴の素性を知った者に、清麦寺の手が及ぶことを防ぐためでもあった。

ところが、東慶寺に逗留《とうりゅう》した善良な尼僧の他愛《たわい》のない噂話が元で、鈴の消息があちらに知れてしまった。

鈴も、法秀尼と茜も、時が経つうちに気が緩んでいたのかもしれない。

清麦寺は、「盗んだものを返せ」と言ってきた。さもなければ、東慶寺が盗みを働いたと言いふらしてやる、と。

その言い振りが、法秀尼を怒らせた。

鈴は、ものではない。

もう、あの寺を許すことはできない。

法秀尼が苦渋の決断――清麦寺を退転に追い込むこと――をしたと、気配で察した清麦寺の動きが、法秀尼のそれよりも、半歩早かった。

そのせいで、九十は命を落としたと、法秀尼は悔いている。

「そのような、顔をするものではない」

ふいに、穏やかな声で諭され、茜は、知らず知らず俯《うつむ》いていた顔を上げた。

法秀尼は、空を見上げて言った。

「その身に負うべき咎を、誰も肩代わりはできぬ。わたくしはわたくしの咎を、茜は茜の咎をそれぞれ背負って、生きていきましょう。それでこそ、誰かを守り、救うことが叶《かな》うのです」

茜もまた、降るような星空を見上げた。

夜風が茜の頬を撫《な》でる。

縁切寺に吹く風は、今日も優しい。

自分でも驚くほど、清々《すがすが》しい心地で、茜は応じた。

「院代様の御心のままに」

本書は書き下ろしです。

縁切寺《えんきりでら》お助《たす》け帖《ちょう》

田牧大和《たまきやまと》

平成31年 1月25日　初版発行
令和6年 6月15日　4版発行

発行者●山下直久

発行●株式会社KADOKAWA
〒102-8177　東京都千代田区富士見2-13-3
電話　0570-002-301（ナビダイヤル）

角川文庫 21422

印刷所●株式会社KADOKAWA
製本所●株式会社KADOKAWA

表紙画●和田三造

ISBN 978-4-04-107793-1　C0193

角川文庫発刊に際して

角川源義

第二次世界大戦の敗北は、軍事力の敗北であった以上に、私たちの若い文化力の敗退であった。私たちの文化が戦争に対して如何に無力であり、単なるあだ花に過ぎなかったかを、私たちは身を以て体験し痛感した。西洋近代文化の摂取にとって、明治以後八十年の歳月は決して短かすぎたとは言えない。にもかかわらず、近代文化の伝統を確立し、自由な批判と柔軟な良識に富む文化層として自らを形成することに私たちは失敗して来た。そしてこれは、各層への文化の普及滲透を任務とする出版人の責任でもあった。

一九四五年以来、私たちは再び振出しに戻り、第一歩から踏み出すことを余儀なくされた。これは大きな不幸ではあるが、反面、これまでの混沌・未熟・歪曲の中にあった我が国の文化に秩序と確たる基礎を齎らすためには絶好の機会でもある。角川書店は、このような祖国の文化的危機にあたり、微力をも顧みず再建の礎石たるべき抱負と決意とをもって出発したが、ここに創立以来の念願を果すべく角川文庫を発刊する。これまで刊行されたあらゆる全集叢書文庫類の長所と短所とを検討し、古今東西の不朽の典籍を、良心的編集のもとに、廉価に、そして書架にふさわしい美本として、多くのひとびとに提供しようとする。しかし私たちは徒らに百科全書的な知識のジレッタントを作ることを目的とせず、あくまで祖国の文化に秩序と再建への道を示し、この文庫を角川書店の栄ある事業として、今後永久に継続発展せしめ、学芸と教養との殿堂として大成せんことを期したい。多くの読書子の愛情ある忠言と支持とによって、この希望と抱負とを完遂せしめられんことを願う。

一九四九年五月三日